賢治オノマトペの謎を解く

田守育啓

大修館書店

まえがき

本書を手に取って下さった方の中には、本書のタイトルに含まれている「オノマトペ」ということばをご存知の方もいれば、宮沢賢治の作品のファンで「オノマトペ」って何だろう?と疑問に思っていらっしゃる方もいるだろう。オノマトペの詳細な説明は第1章に譲るとして、平たく言えば、擬声語・擬音語・擬態語のことである。

日本語は、英語などのヨーロッパ諸言語と比べると、オノマトペに富んだ言語とよく言われる。オノマトペは、基本的に音の響きから得られる意味を表すので、感覚的且つ主観的なことばである。それ故、公文書に用いられることはないが、一般語彙にはない臨場感溢れるヴィヴィッドな描写力がある。このヴィヴィッドな描写力故に、オノマトペは日常会話だけでなく、広告、商品名、新聞の見出し、文学作品等々、様々なコンテクストに幅広く利用されている。もし文学作品に全くオノマトペが使われなければ、臨場感溢れるヴィヴィッドな情景を読者に伝えることができず、面白みのない無味乾燥なものになるだろう。

したがって、オノマトペは文学作品には不可欠な言語要素と考えられるが、その評価は文学者によって異なる。三島由起夫はオノマトペの価値を一切認めておらず、その使用を戒めている。一方、宮沢賢治は彼の作品にオノマトペを積極的且つ巧みに利用しており、優れたオノマトペの使い手として知られている。賢治がオノマトペの達人と評される所以は、彼のほとんどの作品にもオノマトペが随所に実に見事に用いられており、しかも私たちが日常的に使っている、日本語として定着した、いわゆる慣習的なオノマトペだけでなく、私たちが到底思いつかないような賢治独特のオノマトペが用いられているからである。

このように、賢治の作品に現れるオノマトペの多くが賢治独特のものであると指摘されているものの、筆者の知る限り、具体的にどういった点でユニークなのか、明らかにされていないと思われる。もちろん、慣習的なオノマトペと形態的に異なっているので、形態的にユニークであると言えるが、それだけでは、単に自明の事実を述べているにすぎない。本書の目的は、具体的に賢治特有のオノマトペのどこがどうユニークなのかを、賢治の作品の中から実例を挙げて、文学的な視点からではなく、言語学的視点、特に音象徴的視点から明らかにすることである。本書を読み終えた読者が宮沢賢治の作品を改めて読み返した際に、以前よりも作品に描かれている情景や賢治の意図に対する理解が深まり、賢治作品の魅力溢れる世界がさらに広がる一助となれば幸いである。なお、引用文は原則として「宮沢賢治全童話集」(CD-ROM版・マイクロテクノロジー社)、並びに『新校本宮澤賢治全集』(筑摩書房)によった。また、賢治の作品の中に用いられているオノマトペが日本語として定着した慣習的オノマトペであるかどうか、およびその意味については、『日本語オノマトペ辞典』(小野正弘編・小学館)を参考にさせていただいた。

本書の出版に当たり、次の方々に大変お世話になった。まず、本書の出版が実現したのは、大修館書店編集第一部の伊藤進司氏をご紹介下さった大修館書店編集第二部の米山順一氏のご尽力のお陰である。米山氏のお力添えがなければ、そもそも本書は日の目をみることはなかっただろう。伊藤進司氏には、編集者としての専門的なお立場と一般読者の視点から数々の貴重なコメントおよびアドバイスを賜った。特に、本書の構成に関して、一般読者が読みやすく理解しやすいように仕立てられたのも伊藤氏に負うところが大きい。岩瀬真央美氏には、本書の草稿を丁寧に読んでいただき有益なコメントをいただいた。また、娘の桃子には、一般読者の立場から草稿を読んでもらい、一般読者にとってわかりにくい箇所や硬い表現に手を加えてもらった。多忙な娘は休日を返上してまで献身的に本書の出版に関わってくれて、頭が下がる思いである。彼女の協力がなければ、おそらく本書は現在のような本にはならなかっただろう。本書の出版に様々な形でご尽力下さった方々に深く感謝すると共に謹んで御礼を申し上げる次第である。

最後に、いろいろな意味でサポートしてくれた妻の誠子と娘の桃子に感謝の意を込めて本書を捧げたい。

田守育啓

二〇一〇年九月

賢治オノマトペの謎を解く【目次】

第3章 解明！ 賢治オノマトペの法則——47

第1章

宮沢賢治とオノマトペ

オノマトペってどんなことば?

宮沢賢治は、彼の作品が今日でも、小中学校だけでなく高校の国語の教科書に取り上げられるほど有名な優れた児童文学者であることは言うに及ばないが、農業、化学、地質学、天文学、科学、音楽を中心とする芸術、宗教、エスペラント語などの外国語等々、様々な分野において造詣が深く、天才や聖人と呼ぶ人もいるほどである。しかし、宮沢賢治を語る上で忘れてならないのは、作品に見られる賢治の語感の鋭さである。特に賢治独特のオノマトペおよびその使い方は誰にも真似ることができない、賢治だけに与えられた天賦の才である。宮沢賢治のほとんどの作品にもオノマトペが溢れ、オノマトペが賢治の作品の特徴の一つとして挙げられるほどである。実際、賢治はオノマトペの達人と称されるに相応しい、並外れた鋭い感性で実に巧みにオノマトペを操る。ここで、「オノマトペ」ってどんなことばなのだろう?と疑問に思われる読者もいるかもしれない。

宮沢賢治のオノマトペの世界を見る前に、まずは「オノマトペ」とはどんなことばか説明しておこう。今日「オノマトペ」ということばは日本語にかなり浸透していて定着した語彙になりつつあるようだが、読者によっては耳慣れないことばかもしれない。カタカナで表記されていることから想像できるように、「オノマトペ」はフランス語の onomatopée から借用した外来語で英語では onomatopoeia という。いずれも「命名する」という意味のギリシャ語の onomatopoiia（onoma 'name' ＋ poiia 'to make'）に由来するらしい。

オックスフォード英語辞典の定義によると、「オノマトペ」は動物の鳴き声や人間の声を真似て創られた「めーめー（鳴く）」や「きゃーきゃー（騒ぐ）」のような「擬声語」と呼ばれることばと自然界の物音を真似て創られた「ごろごろ（雷が鳴る）」のような「擬音語」と呼ばれることばを指す。しかしながら、日本語には音響とは直接関係しない「くるくる（回る）」「べとべと（くっつく）」「しくしく（痛む）」「いらいら（する）」のような動作・事物の状態・痛みの感覚・人間の心理状態などを象徴的に表した「擬態語」と呼ばれることばがたくさんあり、擬態語も含めて考えるのが普通である。本書でも、擬声語・擬音語・擬態語を総称して「オノマトペ」と呼ぶことにする。

まずは賢治が作品の中で使っている擬声語・擬音語・擬態語の例をいくつかご覧いただこう。

●擬声語

・どこかで小鳥も**チッチッ**と啼き、かれ草のところどころにやさしく咲いたむらさきいろのかたくりの花もゆれました。（山男の四月）

・狐の生徒たちが、**わあわあ**叫び、先生たちのそれをとめる太い声がはっきり後ろで聞えました。（茨海小学校）

・…豚の足に縄をつけて、ひっぱって見るがいいやっぱり豚は**キーキー**云う。（ベヂテリアン大祭）

●擬音語

・そのとき誰かうしろの扉を**とんとん**と叩くものがありました。（セロ弾きのゴーシュ）

・草からは、もう雫の音が**ポタリポタリ**と聞えて来ます。（種山ヶ原）

・一体、その楊子の毛を見ると、自分のからだ中の毛が、風に吹かれた草のよう、**ザラッザラッ**と鳴ったのだ。（フランドン農学校の豚）

●擬態語

・と思ううちに、魚の白い腹が**ぎらっ**と光って一ぺんひるがえり、上の方へのぼったようでしたが…（やまなし）

・ひなげしはみんなまっ赤に燃えあがり、めいめい風に**ぐらぐら**ゆれて、息もつけないようでした。（ひのきとひなげし）

・にわかに男の子が**ぱっちり**眼をあいて云いました。（銀河鉄道の夜）

「オノマトペ」がおおよそどのようなことばであるかおわかりいただいたところで、賢治の素晴らしい「オノマトペ」の世界に一歩足を踏み入れてみることにしよう。

宮沢賢治はなぜオノマトペの達人なのか？

宮沢賢治はオノマトペの達人と称されることがあるが、なぜそのような評価を受けるのだろうか。その理由の一つは、賢治のほとんどの作品にも、驚くほど多くのオノマトペが使われ、しかも使用されているオノマトペの種類が私たちが到底想像することができないくらい豊富だからである。実際どれほど多くの種類のオノマトペが作品に用いられているかは、本書を読んでいく過程でおわかりいただけると思うが、まず、賢治の作品の一文の中でどれほど多くのオノマトペがどのように使用されているのかご覧いただこう。

・風が**どう**と吹いてきて、草は**ざわざわ**、木の葉は**かさかさ**、木は**ごとんごとん**と鳴りました。（注文の多い料理店）
・ねずみとりの方も、痛いやら、しゃくにさわるやら、**ガタガタ**、**ブルブル**、**リウリウ**とふるえました。（「ツェ」ねずみ）
・豚は口を**びくびく**横に曲げ、短い前の右肢を、**きくっ**と挙げてそれから**ピタリ**と印をおす。（フランドン農学校の豚）

・ブン蛙とベン蛙が**くるり**と外の方を向いて逃げようとしましたが、カン蛙が**ピタリ**と両方共とりついてしまいましたので二疋のふんばった足が**ぷるぷるっ**とけいれんし、そのつぎにはとうとう「**ポトン、バチャン。**」（蛙のゴム靴）

・すると森までが**があっ**と叫んで熊は**どたっ**と倒れ赤黒い血を**どくどく**吐き鼻を**くんくん**鳴らして死んでしまうのだった。（なめとこ山の熊）

・そしたら俄に**どうっ**と風がやって来て傘は**ぱっ**と開きあぶなく吹き飛ばされそうになりました。耕一は**よろよろ**しながら**しっかり**柄をつかまえていましたらとうとう傘は**がりがり**風にこわされて開いた蕈《きのこ》のような形になりました。（風野又三郎）〈『風野又三郎』は『風の又三郎』とは別の作品である。〉

・かきねの**ずうっ**と向うで又三郎のガラスマントが**ぎらっ**と光りそれからあの赤い頰とみだれた赤毛とが**ちらっ**と見えたと思うと、もう**すうっ**と見えなくなってただ雲が**どんどん**飛ぶばかり一郎はせなか一杯風を受けながら手をそっちへのばして立っていたのです。（風野又三郎）

右の例文は全て賢治の作品から採取したもので太字の部分がオノマトペである。最初の例文では、まるでマジシャンがトランプを自由自在に操るように、賢治は短い文の中で四つのオノマトペを巧みに操っている。このように、いくつかの文を例に取り上げただけでも、賢治の作品にどれほど多くのオノマトペが使われているか、そしてオノマトペを駆使することによって、文章にどれほど臨場感溢れる活力が付与されているかおわかりいただけたと思う。右の例で用いられているオノマトペは、ほとんどが慣習的なオノマトペであるが、中には日本語として定着していない、賢治が臨時に創った独特の非慣習的なオノマトペもある。例えば、「リウリウとふるえる」や「きくっと挙げる」などがそうである。ここでいう「慣習的オノマトペ」とは、私たちが普段日常的に使っている、日本語として定着したオノマトペを指す。一方、日本語として定着していない、その場限りの臨時に創られたオノマトペを本書では「非慣習的オノマトペ」と呼ぶことにする。以下では、賢治独特のオノマトペの魅力を肌で感じてもらいたい。

宮沢賢治のオノマトペの魅力

前節で述べたように、賢治は作品の中で様々なオノマトペを巧みに用いているが、私たちが普段日常的に使っているオノマトペを単に駆使していただけでは、賢治がオノマトペの優れた使い手やオノマトペの達人と称されることはないだろう。賢治がそのように称される所以は、賢治独自の創作オノマトペが作品の至るところに使用されているからである。賢治が駆使している創作オノマトペにも様々な形態があり、創作オノマトペが読者の想像力を掻き立て作品を魅力溢れるものに仕上げている。以下に賢治オノマトペの魅力の一部をクイズ形式で紹介しよう。

問：次の文は「風の又三郎」の中の一節であるが、文脈から考えて（　　　）内に入る最も相応しいオノマトペを次の中から選んでみよう。

先生はぴかぴか光る呼子を右手にもってもう集れの支度をしているのでしたが、そのすぐうしろから、さっきの赤い髪の子が、まるで権現さまの尾っぱ持ちのようにすまし込んで白いシャッポをかぶって先生について（　　　）と歩いて来たのです。

・すぱすぱ　**・すたすた**　**・のろのろ**

読者の皆さんは果たしてどのオノマトペを選んだのだろう。文脈から考えると、「のろのろ」を選んだ読者はおそらく一人もいないだろう。同様に、「すぱすぱ」を選んだ読者もまずいないと思われる。私たちの直感からすれば、「すたすた」が右の文に最も相応しいと感じるだろう。

ところが、予想に反して、右の文で賢治が実際に使っているオノマトペは、何と私たちの語感とは全く異なる「**すぱすぱ**」である。「すぱすぱと歩く」って、一瞬どんな歩き方？と首をかしげた読者もいると思われるが、もっともである。「すぱすぱと歩く」という表現は賢治以外に使った人はおそらく誰一人としていないだろう。それは、私たちは、「すぱすぱ」が「歩く」という動詞とは一緒に使えないという直感を持っているので、「すぱすぱと歩く」が通常の使用方法からは逸脱した表現であると理解しているからである。

では、私たちが普段日常的に使っている「すぱすぱ」はどのような使われ方をするのだろう。「すぱすぱ」は「すぱすぱタバコを吸う」や「すぱすぱ青竹を切る」のように、盛んにタバコを吸う様や、軽々とスムーズに連続して何かを切る様を描写するのに用いられる。右の例文で、「すぱすぱ」を普段私たちが使う「すたすた」に置き換えてみたらどうなるだろうか。

・（省略）さっきの赤い髪の子が、まるで権現さまの尾っぱ持ちのようにすまし込んで白いシャッポをかぶって先生について（**すたすた**）と歩いて来たのです。

「すたすたと歩く」は、足取り軽く速歩で歩く様を表すが、先生について軽快に小気味よく気取って歩くイメージに欠ける。右の例で賢治があえて「すぱすぱと歩く」という逸脱した表現を用いたのは、「すぱすぱ切る」の場合のように、切れ味がよく何の抵抗もなく切れることを表す「すぱすぱ」本来の意味から連想される「スムーズな動作」を利用したためであると思われる。すなわち、「すぱすぱ」の例文からは軽快で小気味よく気取って歩く姿が想像できる。賢治は軽快に小気味よく歩くときの足の動かし方があたかも刃物が何かを次々にスムーズに切る動作に喩えて「すぱすぱと歩く」と表現したものと思われる。賢治は、軽快に歩くとき、刃物がものを切るように、足が空気を切っているようなイメージを描いたに違いない。私たちはオノマトペに限らず、固定観念や先入観に縛られていて、意外な発想はなかなかできないが、賢治には私たちのような凡人が決して思いつかないような、ときに異常とさえ思われるような想像力がある。「すぱすぱと歩く」から賢治の想像力の豊かさを感じ取っていただけただろうか。

●どんな空？

問：次の文は「なめとこ山の熊」の中の一節であるが、文脈から考えて（　　　）内に入る最も相応しいオノマトペを次の中から選んでみよう。

小十郎はまっ青な（　　　）した空を見あげてそれから孫たちの方を向いて「行って来るぢゃぃ。」と云った。

・すかっと　　・すっきり　　・つるつる

文脈から考えると、真っ青な晴れ渡った空が連想され、そのような状態をオノマトペで描写するならば、「すかっと」か「すっきり」のいずれかが選ばれるだろう。ところが、予想に反し、賢治は「**つるつる**」というオノマトペを使用しているのである。

「つるつるした空」という表現はどこかヘンで、私たちはおそらくこのような言い方はしないだろう。なぜおかしいのか考えてみよう。「つるつる」は「つるつるした鏡面仕上げの家具」や「つるつるした肌」のように、表面が平らで、なめらかな様や、ものの状態がなめらかな様を表すが、このオノマトペが空に用いられることはない。

では、なぜ空に使うことができないのだろうか、一緒に考えてみよう。「つるつる」は表面が平らで、なめらかな様を表すと述べたが、何かがなめらかであるかどうかは実際に触ってみてはじめて確認できるのである。しかし、私たちは普段実際に触れなくても「つるつるした肌」といった表現を使っている。このようなことが可能なのは、過去の経験に基づいて、実際に触ってみた触感（触覚）と見た目の感覚（視覚）の関係について確立した判断基準を持っていて、その基準に従って、視覚からだけでつるつるしているかどうか判断できるからである。

一方、「つるつるした空」がどことなく不自然に感じるのは、空に触れることは物理的に不可能で、「つるつるした肌」のように過去の経験に基づいた触覚と視覚の関係が確立されていないからである。賢治が右の例のように、「つるつるした空」という物理的に不可能なことを表す比喩的表現をあえて用いたのは、空が一点の雲もなく真っ青に晴れ渡っている状態を描写したかったからだろう。このように、基本的に触覚に関連する「つるつる」というオノマトペを視覚的（比喩的）に使うという賢治特有の生得的な想像力の豊かさも、賢治にのみ神から与えられた天賦の才と言えるだろう。

●どんな廻り方？

問：次の文はいずれも「風野又三郎」の中の一節であるが、文脈から考えて（　　）内に入る最も相応しいオノマトペを次の中から選んでみよう。

それから一寸立ち上って（　　）とかかとで一ぺんまわりました。

・**くるっ**　・**くるくるっ**　・**きりっ**　・**きりきりっ**

すると風の又三郎はよろこんだの何のって、顔をまるでりんごのようにかがやくばかり赤くしながら、いきなり立って（　　）と二三べんかかとで廻りました。

・**くるくる**　・**くるくるくるっ**　・**きりきり**　・**きりきりきりっ**

最初の文では、「一ぺんまわりました」とあるので、読者の皆さんはおそらくまず「くるっ」か「きりっ」を選ぶだろう。次に「くるっ」と「きりっ」のどちらが「廻る」という動詞と一緒に用いられるかというと、通常、「くるっ」である。したがって、ほとんどの読者は最初の文には「くるっ」を選んだことだろう。後の文では、「二三べんかかとで廻りました」とあるので、「くるくる」か「くるくるくるっ」のいずれかを選んだのではないかと推測される。しかし予想に反し、賢治は最初の文には「**きりきりっ**」を、後の文には「**きりきりきりっ**」を用いているのである。

「きりきりっ」「きりきりきりっ」は「きりきり」の異形態であり、「きりきり」は「きりきり縛る」や「髪をきりきり結う」のように使われるが、「きりきり廻る」という使い方は稀であろう。通常、「廻る」という動詞と一緒に用いられるオノマトペは「くるくる」（「ぐるぐる」）である。賢治がなぜ「くるくる」ではなく「きりきり」を選んだのか考えてみると、いずれの例においても踵で廻っている様子を描写しており、「きりきり」を使うことによって、「くるくる」よりも回転速度が速いことを表したかったのではないかと推測される。さらに、風の又三郎はガラスの沓《くつ》を履いており、ガラスの沓の踵で廻ると、「きりきり」というような音が生ずると連想したのかもしれない。また、「きりきり」ではなく「っ」（促音）を伴う「きりきりっ」「きりきりきりっ」を用いているが、「っ」（促音）を伴うことによって、速く不規則に廻ることを示唆している。

なお、最初の例では「一ぺんまわりました」とあるが、「きりきり」のような「っ」（促音）を伴わない反復形のオノマトペは繰り返しないし連続した動作を表すので、「きりきり」を用いると二回以上廻ったことを示唆し、矛盾することになるため、「っ」（促音）の伴った「きりきりっ」を使ったのである。先に述べたように、「きりきりっ」は速くて不規則な廻り方を描写し、「きりきり」よりも速く不規則に一回転したと想像できる。

●どんな笑い方？

問：次の文は「やまなし」の中の一節であるが、文脈から考えて（　　）内に入る最も相応しいオノマトペを次の中から選んでみよう。クラムボンは英語のcrab（クラブ、蟹）をもじったことば、アメンボのたとえ、さらにはプランクトンからの連想などと様々に解釈されているが、蟹と考えるのが一般的だと思われる。仮にクラムボンが蟹を意味すると仮定した場合、どのオノマトペが最も相応しいだろうか。

『クラムボンは（　　）わらったよ。』

・ぷかぷか　・ぷくぷく　・かぷかぷ

「ぷかぷか」はものが軽快に浮かぶ様を表す慣習的オノマトペであり、「ぷくぷく」は水中から泡を細かく吹き上げる音や様を表す慣習的オノマトペである。一方、「かぷかぷ」は「ぷかぷか」「ぷくぷく」と音声的に類似しているが、慣習的オノマトペではない。まず、「かぷかぷ」は慣習的オノマトペではなく、どのような意味を表すかわからないので、この非慣習的なオノマトペは選ばないだろう。

では、「ぷかぷか」と「ぷくぷく」のどちらが右の文の文脈に適しているのだろう。「ぷかぷか」

も「ぷくぷく」も、通常、「笑う」という動詞と一緒には用いることができない。しかしながら、右の文の主語が蟹と仮定すれば、「ぷかぷか」「ぷくぷく」のいずれを用いたとしても、意味的にそんなに逸脱した結果にならないだろう。したがって、読者の皆さんは「ぷかぷか」か「ぷくぷく」のいずれかを選んだのではないだろうか。

ところが、賢治が選んだオノマトペは「**かぷかぷ**」である。では、なぜ賢治は右の文で「かぷかぷ」を用いたのだろう。賢治の真意は計り知れないが、少なくとも「ぷかぷか」か「ぷくぷく」のいずれかを念頭に置いて、このユニークなオノマトペを創作したものと思われる。

蟹が浮いている様子と泡を吹いている様子のどちらが笑っているように見えるだろうか。もし蟹が水中ないし水面に浮いている様子が笑っているように見えると思う読者は「ぷかぷか」を選んだことだろう。賢治がこのような読者と同じ考えであったとしたら、「ぷかぷか」を基に「かぷかぷ」という賢治独自のオノマトペを創作したと仮定できる。慣習的な「ぷかぷか」と「かぷかぷ」を比べてみると、「ぷか」という語順が「かぷ」という語順になっているだけである。別の言い方をすれば、「ぷ」と「か」の位置が入れ換っているだけである。したがって、賢治独自の「かぷかぷ」が「ぷかぷか」から「ぷ」と「か」の位置を入れ換えて創作されたと仮定できる。

蟹が浮いている様子　ぷかぷか

蟹が笑っている様子　かぷかぷ

「ぷ」と「か」の位置の入れ換え

筆者自身は、蟹が泡を吹いている様子の方が笑っているように見えると思うし、そのように答えた読者も多くいるだろう。もし賢治も同じように考えていたとすれば、「かぷかぷ」は「ぷくぷく」に基づいて創作されたと仮定できる。すなわち、「ぷくぷく」の「ぷ」と「く」の位置を入れ換えると「くぷくぷ」になるが、語呂が良くなく発音しにくいので、「く」を「か」に変えてよりスムーズに発音できる「かぷかぷ」になったと考えられないだろうか。

蟹が泡を吹いている様子　ぷくぷく

くぷくぷ

蟹が笑っている様子　かぷかぷ

「ぷ」と「く」の位置の入れ換え
発音しにくいので
「く」を「か」に変化

以上、賢治独特の非慣習的オノマトペおよび通常逸脱していると解釈される賢治特有の使い方を示す実例をいくつか挙げたが、本書では、私たち凡人には決して思いつかない、このような賢治の想像力豊かなオノマトペやその独特な使い方について、作品から抜粋した実例を挙げて詳しく見ていくことにする。

第2章

一般に使われているオノマトペ

第1章では、宮沢賢治独特の創作オノマトペの一部を紹介したが、本書の目的である賢治独特のオノマトペが具体的にどのような点でユニークなのかを明らかにするためには、まず、私たちが普段日常的に使っているオノマトペがどのような特徴を持っているかを知る必要がある。

日本語は韓国語と同様、世界の言語の中でも特にオノマトペが発達した言語として知られている。日本語には様々なオノマトペがあり、その形態も一見多様に見えるが、一部の例外を除けば美しく体系立った特徴を持っている。以下では、日本語オノマトペがどのような形態をしているかを見ることにするが、その前に「モーラ」と呼ばれる音の単位について説明しておこう。

モーラとは、わかりやすく言えば、俳句や短歌をつくるとき、五・七・五や五・七・五・七・七になるように指を折って音を数えながらつくるが、そのときの音の単位がモーラである。例えば、「教員」は「きょ・う・い・ん」という四つの音の単位から成り立っているので4モーラ語である。一方、「実験室」は「じ・っ・け・ん・し・つ」という6モーラから成る語である。このように、モーラを構成する単位は、「じ」のような子音＋母音、「い」のような単独の母音、「っ」のような促音、「ん」のような撥音、「う」のような長母音を表す母音である。また、「がーがー」や「ざーざー」のように、オノマトペによく用いられる、長母音を表す「ー」も1モーラである。さらに、「きゃ」「きゅ」「きょ」のような「拗音《ようおん》」と呼ばれる音も1モーラである。

音の単位＝モーラ

音の単位＝モーラ	子音＋母音	「じ」
	母音	「い」
	促音	「っ」
	撥音	「ん」
	長母音	「う」「ー」
	拗音	「きゃ」「きゅ」「きょ」

モーラがどのような音の単位であるかわかったところで、日本語オノマトペが形態的にどのような特徴を持っているか検討してみよう。日本語の慣習的オノマトペは大雑把に1モーラを基本形に持つものと2モーラを基本形に持つものに分けられる。

1モーラを基本形に持つオノマトペ

次に挙げるオノマトペは、賢治の作品から抜粋した慣習的オノマトペであり、いずれも1モーラを基本形に持つものである。

・その時童子は**ふ**と水の流れる音を聞かれました。（雁の童子）　…「□」のパターン

・月のあかりが**ぱっ**と青くなりました。（かしわばやしの夜）　…「□っ」のパターン

「かささぎですねえ、頭のうしろのとこに毛が**ぴん**とのびていますから。」…（銀河鉄道の夜）　…「□ん」のパターン

停車場の方で、鋭い笛が**ピー**と鳴りました。（めくらぶどうと虹）　…「□ー」のパターン

しばらくたって、西の遠くの方を、汽車の**ごう**と走る音がしました。（二十六夜）　…「□ー」のパターン

＊　□は「子音＋母音」の1モーラを表す。

1モーラ（子音＋母音）だけから成るオノマトペは、きわめて稀であるが、1モーラに「っ」や「ん」が付いた「□っ」や「□ん」、1モーラの母音が長音化された「□ー」のパターンのオノマトペは、多数見られる。

また、「□ーっ」や「□ーん」といった形態のオノマトペも賢治の作品に数多く用いられている。

・くろもじの木の匂が月のあかりといっしょに**すうっ**とさした。（なめとこ山の熊）

・嘉十はにわかに耳が**きいん**と鳴りました。（鹿踊りのはじまり）

…「□ーっ」のパターン

…「□ーん」のパターン

「□ーっ」や「□ーん」という形態は「□っ」や「□ん」の母音が長音化されて派生したとも、「□ー」という形態にそれぞれ「っ」と「ん」が付加されて派生したとも考えられるが、次の例が示すように、「□っ」や「□ん」の母音が長音化されて派生していることが多い。

・どんぐりは、**しいん**としてしまいました。（どんぐりと山猫）

・…さっきから顔色を変えて、**しん**として居た女やこどもらは、にわかにはしゃぎだして、…（狼森と笊森、盗森）

さらに、「□っ」「□ん」「□ー」の反復した形態も一般的で、賢治の作品に多数見られる。

・中では**ふっふっ**とわらってまた叫んでいます。（注文の多い料理店）

…「□っ×2」のパターン

・そのとき誰かうしろの扉を**とんとん**と叩くものがありました。（セロ弾きのゴーシュ）

…「□ん×2」のパターン

・三郎は顔をまっ赤に熱らせて、**はあはあ**しながらみんなの前の草の中に立ちました。（風野又

三郎）　　…「□ー×2」のパターン

また、「□っ」×2に似た形態の「□っ□」という形態のオノマトペも比較的一般的である。

・「カシオピイア、もう水仙が咲き出すぞおまえのガラスの水車［き］っ［き］とまわせ。」（水仙月の四日）　　…「□っ□」のパターン

2モーラを基本形に持つオノマトペ

1モーラだけから成るオノマトペが稀なように、2モーラだけで構成されているオノマトペも稀で、「□□」という2モーラだけから成る珍しい形態のオノマトペは賢治の作品に一例だけ見られる。

・［ぴ］［しゃ］というように鉄砲の音が小十郎に聞えた。（なめとこ山の熊）　　…「□□」のパターン

「ぴしゃ」のように、2モーラの「語基」と呼ばれる基本形のままで用いられるオノマトペは、現代日本語においては一般的でなく、通常、「っ」「ん」「り」を伴う。この「っ」（促音）・「ん」

（撥音）・「り」は日本語オノマトペに特徴的に見られることから、「オノマトペ標識」と呼ばれる。実際、2モーラの語基にこのようなオノマトペ標識が付いたオノマトペである、「□□っ」「□□ん」「□□り」が賢治の作品に頻繁に出てくる。例えば、次のようなものである。

・おやおやとおもっているうちに上から**ばたっ**と行李の蓋が落ちてきました。（山男の四月）
…「□□っ」のパターン

・四人はそこでよろこんで、せなかの荷物を**どしん**とおろして、それから来た方へ向いて、高く叫びました。（狼森と笊森、盗森）
…「□□ん」のパターン

・からだがつちにつくかつかないうちに、よだかは**ひらり**とまたそらへはねあがりました。（よだかの星）
…「□□り」のパターン

以上のような2モーラの語基に「っ」「ん」「り」が付いた形態以外に、2モーラの語基が反復した形態がある。これは日本語オノマトペの最も一般的な形態で、賢治の作品に最も多く使われている。

・ひなげしはみんなまっ赤に燃えあがり、めいめい風に**ぐらぐら**ゆれて、息もつけないようでした。（ひのきとひなげし）
…「□□×2」のパターン

また、2モーラの語基に「っ」「ん」「り」の付いた形態が反復したものも比較的一般的である。

・ところが家の、どこかのざしきで、**ざわっざわっ**と箒の音がしたのです。（ざしき童子のはなし）…「□□っ×2」のパターン

・風がどうと吹いてきて、草はざわざわ、木の葉はかさかさ、木は**ごとんごとん**と鳴りました。（注文の多い料理店）…「□□ん×2」のパターン

・そして蠍《さそり》は十分ばかり**ごくりごくり**と水を呑みました。（双子の星）…「□□り×2」のパターン

また2モーラの語基の間に「っ」（促音）ないし「ん」（撥音）が入り「り」を伴った形態も比較的一般的である。例えば、次のようなものである。

・にわかに男の子が**ぱっちり**眼をあいて云いました。（銀河鉄道の夜）…「□っ□り」のパターン

・かま猫も**ぼんやり**立って、下を向いたままおじぎをしました。（寓話　猫の事務所）…「□ん□り」のパターン

なお、数は少ないが、2モーラに「っ」（促音）が挿入された形態が反復したものも見られる。

例えば、「のっしのっし」の語基は「のしのし」という日本語オノマトペの典型的な形態に見られる「のし」という2モーラであるが、この2モーラの語基にまず促音が挿入されて「のっし」という形態が派生し、それを反復させると「のっしのっし」が派生する。

- もう空のすすきをざわざわと分けて大鳥が向うから肩をふって、**のっしのっし**と大股にやって参りました。（双子の星）
　…「□っ□×2」のパターン

以上が1モーラおよび2モーラを基本形に持つ慣習的オノマトペの一般的な形態である。

オノマトペの使い方①　動詞を修飾するオノマトペ

前節では、私たちが日常的に使っている慣習的オノマトペが形の上でどのような特徴を持っているかをご覧いただいたが、ここからは、オノマトペが文の中でどのように使われ、どのような役割を担っているか見ることにしよう。

一般に、オノマトペは動詞を修飾する「副詞」として使われるとよく言われるが、動詞を修飾するといっても、ある動作がどのように行われるかを描写したり、変化した結果の状態がどのようであるかを描写したりと、いくつかのパターンがある。

（一）　動作の様態を表すオノマトペ（様態副詞としてのオノマトペ）

「笑う」という動作を例にとって考えてみよう。「笑う」という動作にもいろいろあるが、「笑う」という動詞によって、関わっている動作がどのような動作であるかは特定されるが、笑い方まで特定されない。様々な笑い方は通常、「にこにこ笑う」のようにオノマトペと動詞で表現される。

笑い方を特定するオノマトペには、「にこにこ」をはじめ「にこっ」「にこり」「にやにや」「にやっ」「にやり」「にたにた」「にたっ」「にたり」「げらげら」「けらけら」「へらへら」「くすくす」「くすっ」「けたけた」「くつくつ」「ころころ」などの様々なものがある。

このように、オノマトペはある動作がどのようにして行われるのかを表す役割、すなわち、動作の様態を描写する役割を担っているので、「様態副詞」と呼ばれる。ほとんどの日本語オノマトペは「にこにこ」のように、様態副詞として用いられる。では、賢治の作品において実際どのような使われ方をしているのか、いくつか実例を挙げて見ることにしよう。

・うしろで**ふんふん**うなずいているのは藤原清作だ。（台川）

・その時はもう博士の顔は消えて窓は**ガタン**としまりました。（ペンネンネンネンネン・ネネムの伝記）

・ホモイはつかれてねむくなりました。そして自分のお床に**コロリ**と横になって云いました。（貝の火）

・ひなげしはみんなまっ赤に燃えあがり、めいめい風に**ぐらぐら**ゆれて、息もつけないようでした。（ひのきとひなげし）

・とのさまがえるは早速例の鉄の棒を持ち出してあまがえるの頭を**コツンコツン**と叩いてまわりました。（カイロ団長）

右の例では、当該オノマトペが、それぞれ藤原清作がどのようにうなずいているのか、窓がどのように閉まったのか、ホモイがどのように横になったのか、ひなげしがどのように揺れたのか、とのさまがえるがあまがえるの頭をどのように叩いて回ったのかを描写しており、いずれもそれぞれの動作がどのようにして行われているかを描写する様態副詞として機能しているのがおわかりいただけたと思う。

（2）変化した結果の状態を表すオノマトペ（結果副詞としてのオノマトペ）

では、賢治の作品に見られる次のオノマトペはどうだろう。

・入口にはいつもの魚屋があって、塩鮭のきたない俵だの、**くしゃくしゃ**になった鰯のつらだのが台にのり、軒には赤ぐろいゆで章魚《だこ》が、五つつるしてありました。（山男の四月）

・なんべんも谷へ降りてまた登り直して犬も**へとへと**につかれ小十郎も口を横にまげて息をしながら半分くずれかかった去年の小屋を見つけた。（なめとこ山の熊）

・「そしてあたしたちもみんな**ばらばら**にわかれてしまうんでしょう。」（いちょうの実）

・実際ゴム靴はもう**ボロボロ**になって、カン蛙の足からあちこちにちらばって、無くなりました。（蛙のゴム靴）

右の例文に見られるオノマトペはいずれも何らかの形で動詞と関わりを持つ副詞として機能しているが、先に見た、動作の様態を描写する様態副詞でないことは明らかである。なぜなら、これらのオノマトペと一緒に用いられている動詞（「なる」「疲れる」「別れる」）がそもそも動作を表さないからである。

では、これらの動詞は一体どのような特徴を持っているのだろうか。「なる」という動詞は、ある状態から別の状態に変わるという状態変化を表す典型的な動詞である。「疲れる」や「別れる」も同様に、状態の変化を表す動詞である。すなわち、「疲れる」は「疲れていない状態」から「疲れた状態」に、「別れる」は「別れていない状態」から「別れた状態」に変化させるという状態変化をもたらす動詞である。

そして、これらの動詞と一緒に使われているオノマトペはいずれも変化した結果の状態を描写していると考えられる。例えば、「へとへと」というオノマトペは、主体（「犬」）の変化した結果の状態、すなわち「疲れた状態」がどのようであるかを描写している。「ばらばら」も同様で、「別れる」という動詞によって引き起こされた主体の変化した「別れた状態」がどのようであるかを描写している。このように、右の例文で用いられているオノマトペは、主体の変化した結果の状態がどのようであるかを描写する「結果副詞」として機能しているのである。

(3) 様態副詞としてのオノマトペと結果副詞としてのオノマトペの面白い違い

ここで、様態副詞として機能するオノマトペと結果副詞として機能するオノマトペの違いについて言及しておこう。

- ひなげしはみんなまっ赤に燃えあがり、めいめい風に**ぐらぐら**ゆれて、息もつけないようでした。(ひのきとひなげし)
- なんべんも谷へ降りてまた登り直して犬も**へとへと**につかれ小十郎も口を横にまげて息をしながら半分くずれかかった去年の小屋を見つけた。(なめとこ山の熊)

先に述べたように、「ぐらぐら」が動作の様態を描写する様態副詞で「へとへと」が変化した結果の状態を描写する結果副詞であるが、このような意味的相違以外にどのような違いがあるのだろうか。

「ぐらぐら」と「へとへと」は共に2モーラ反復形（□□×2のパターン）で同じ形態をしている。しかし両者にはいくつか違いがある。主な相違について述べておこう。

まず、右の例から明らかなように、様態副詞の「ぐらぐら」の後には「ゆれる」という動詞が来ており助詞を伴っていないが、結果副詞の「へとへと」には助詞「に」が伴っている。ちなみに、様態副詞として機能するオノマトペは「ぐらぐらとゆれる」のように、助詞「と」を伴うことも可能である。他方、結果副詞として機能するオノマトペは「へとへとつかれる」のように、助詞「に」を取り除くことはできない。

以上から、様態副詞として機能するオノマトペは「と」を任意的に伴うが、結果副詞として機能するオノマトペは「に」を義務的に伴う。

様態副詞のオノマトペ

○　「ぐらぐら」　ゆれる

○　「ぐらぐら」[と]ゆれる

⇧

どちらも正しい。助詞（「と」）は任意的。

結果副詞のオノマトペ

× 「へとへと」　つかれる
○ 「へとへと」[に]つかれる
⇧
助詞（「に」）は義務的。

次に、「ぐらぐら」と「へとへと」のアクセントについて考えてみよう。この二つのオノマトペを含む右の例文を実際に声に出して読んでみると、「ぐらぐら」と「へとへと」のアクセントが異なっていることがわかるだろう。すなわち、「ぐらぐら」は「高低低低」というピッチパターンをしているが、「へとへと」は「低高高高」という正反対のピッチパターンをしている。すなわち、様態副詞として機能するオノマトペのピッチパターンが「高低低低」であるのに対し、結果副詞として機能するオノマトペのピッチパターンは「低高高高」であるということである。

さらに、様態副詞と結果副詞には次のような違いもある。

様態副詞のオノマトペ

× ひなげしはゆれて「ぐらぐら」[だ]
× ゆれて「ぐらぐら」[の]ひなげし

結果副詞のオノマトペ

○　犬はつかれて「へとへと」**だ**

○　つかれて「へとへと」**の**犬

結果副詞の「へとへと」は「だ」を伴って述語になったり、「の」を伴って名詞を修飾したりすることができるが、様態副詞の「ぐらぐら」はいずれも不可能である。実際、結果副詞として機能するオノマトペが名詞を修飾したり、述語として用いられたりしている例が賢治の作品に見られる。

・じいさんは**ぼろぼろの**外套の袖をはらって、大きな黄いろな手をだしました。（月夜のでんしんばしら）

・もずはみな、一ぺんに飛び立って、気違いになった**ばらばらの**楽譜のように、やかましく鳴きながら、東の方へ飛んで行きました。（めくらぶどうと虹）

・早く涙をおふきなさい。まるで顔中**ぐじゃぐじゃだ。**（黄いろのトマト）

・足は、まるで**よぼよぼで、**一間とも歩けません。（よだかの星）

「よぼよぼで」という表現に関して、後に文が続いている場合に「だ」ではなく「で」を伴うだけで基本的には「よぼよぼだ」と同じと考えられる。

（4）状態ないし動作の程度を表すオノマトペ（程度副詞としてのオノマトペ）

以上、様態副詞として機能するオノマトペと結果副詞として機能するオノマトペについて詳しく見たが、様態副詞や結果副詞以外の副詞として機能するオノマトペはあるのだろうか。次の例文を見てみよう。

・よだかははねが**すっかり**しびれてしまいました。（よだかの星）
・事務所の中は、だんだん忙しく湯の様になって、仕事は**ずんずん**進みました。（寓話　猫の事務所）
・「そんなに**どんどん**行っちまわないでせっかくひとへ物を訊いたらしばらく返事を待っていたらいいじゃないか。」（サガレンと八月）

右の例文に用いられているオノマトペは、明らかに結果副詞として機能していないし、様態副詞としても機能していないと思われる。では、一体どのような役割を果たしているのだろうか。これらはいずれも状態ないし動作の程度を表しているようである。すなわち、「すっかり」は羽がどの程度しびれてしまったのか、「ずんずん」は仕事がどの程度進んだのか、そして「どんどん」はどの程度行ったのかを描写している。このような程度副詞として機能するオノマトペは様態副詞や結果副詞として機能するオノマトペほど一般的でなく、その数も限られている。

オノマトペの使い方② 動詞になるオノマトペ

日本語では、いかなるオノマトペも単独で直接動詞として機能することはできないが、それ自体あるいはその一部の要素が動詞語尾と結びついて、動詞の役割を果たすことができる。この派生過程が一般的であるかどうかは、オノマトペに付く動詞語尾による。

(一)「—する」動詞

オノマトペが動詞的に用いられる場合のうち、最も一般的なタイプは「—する」という動詞語尾との組み合わせである。オノマトペがこの動詞語尾と結びついて動詞として用いられる例が賢治の作品に多数見られる。そのいくつかを挙げておこう。

・山男はしばらく**ぼんやりして**、投げ出してある山鳥の**きらきらする**羽をみたり、六神丸の紙箱を水につけてもむことなどを考えていましたがいきなり大きなあくびをひとつして言いました。(山男の四月)

・みんなは**がっかりして**、てんでにすきな方へ向いて叫びました。（狼森と笊森、盗森）
・ところが私は**ぎくりとして**つっ立ってしまいました。（イギリス海岸）
・藁の上の若い農夫は**ぎょっとしました**。（耕耘部の時計）

これらの例は全て「オノマトペ＋する」という形式で日本語において定着した動詞と見なすことができるだろう。右の例文から、「—する」という動詞語尾を伴うことのできるオノマトペは一体どのような特徴を持っているだろうか。お気づきの方もいると思うが、「—する」動詞として用いることができるオノマトペは、形態は多様であるが、全て擬態語なのである。

このように、「—する」動詞として機能できるオノマトペは、大多数が擬態語であるが、擬音語の中にもごく少数ではあるが、「どんどん」や「ざわっ」のように、「—する」動詞になれるものもある。

・狐が「さあ、走れ、走らないと、嚙み殺すぞ。」といって足を**どんどんしました**。（貝の火）
・「こんどはメタルのうんといいやつを出すぞ。早く出ろ。」と云いましたら、柏の木どもははじめて**ざわっとしました**。（かしわばやしの夜）

（2）「―した」＋名詞

右の例は全て「にやにやする」のように、オノマトペに「―する」という動詞語尾が付いて派生した動詞であるが、賢治の作品には「もじゃもじゃした鳥」のように、「オノマトペ＋した＋名詞」という表現も見られる。

・…とけたたましい声がして、うす黒い**もじゃもじゃした鳥**のような形のものが、ばたばたばたもがきながら、流れて参りました。（貝の火）
・なかなか狐の小学生には、**しっかりした所**がありますよ。（茨海小学校）
・しゅっこは、はじめに、昨日あの変な鼻の尖った人の上って行った崖の下の、青い**ぬるぬるした粘土**のところを根っこにきめた。（さいかち淵）

（3）「―つく」動詞　「―めく」動詞

賢治の作品には、「―する」動詞以外に、オノマトペに「―つく」や「―めく」といった動詞語尾が付いた動詞も見られる。

・まあよかったとひなげしどもはみんないちどに**ざわつきました**。（ひのきとひなげし）
・バキチはすっかり**まごついて**一目散に警察へ遁《に》げて帰ったんです。（バキチの仕事）

・トッパァスのつゆはツァランツァリルリン、こぼれて**きらめく**　サング、サンガリン、…
（十力の金剛石）

・太陽は磨きたての藍銅鉱のそらに液体のように**ゆらめいて**かかり融《と》けのこりの霧はまぶしく蠟《ろう》のように谷のあちこちに澱《よど》みます。（マグノリアの木）

上の例に見られる「ざわつく」や「きらめく」は基本的に「ざわざわする」や「きらきらする」と同義なので、「ざわつく」「きらめく」は「ざわざわ」「きらきら」という2モーラ反復形の語基「ざわ」「きら」にそれぞれ「―つく」「―めく」という動詞語尾が付いて派生したと考えられる。

オノマトペの使い方③　名詞になるオノマトペ

日本語オノマトペの典型的な使い方は、動詞を修飾する様態副詞や結果副詞といった副詞としての使い方であるが、「―する」「―つく」「―めく」などの動詞語尾を伴って動詞としても機能することも見た。これら以外に、オノマトペは名詞としても用いることができる。賢治の作品にも、名詞として使われているオノマトペがかなり見られる。

・急に林の**ざわざわ**がやんで、しずかにしずかになりました。（二十六夜）

・「そんならわしの顔から生えた、この**もじゃもじゃ**はどうじゃろう。」（北守将軍と三人兄弟の医者）

・その**ぐらぐら**はだんだん烈しくなってネネムは危なく下に落ちそうにさえなりました。（ペンネンネンネンネン・ネネムの伝記）

右の例ではオノマトペが単独で名詞として用いられている。賢治の作品には、オノマトペが複合名詞の一部として利用されている例も見られる。

・小麦を粉にする日ならペムペルはちぢれた髪からみじかい浅黄のチョッキから木綿の**だぶだぶずぼん**まで粉ですっかり白くなりながら赤いガラスの水車場でことことやっているだろう。（黄いろのトマト）

・ところが、十二月の十日でしたが、まるで春降るような**ポシャポシャ雨**が、半日ばかり降ったんです。（化物丁場）

・**てかてか髪**をわけた村の若者が、みんなが見ているので、いよいよ勢よくどなっていました。（祭の晩）

さらに、オノマトペが関与している興味深い複合名詞も賢治の作品に見られる。次の例を見て欲しい。

・烈しい風と雨に**ぐしょぬれ**になりながら二人はやっと学校へ来ました。（風の又三郎）

・石はその半分も行きませんでしたが、百舌はにわかにがあっと鳴って、まるで音譜を**ばらまき**にしたように飛びあがりました。（鳥をとるやなぎ）

・大学士は上着の衣嚢《いのう》から鼠いろの**皺《しわ》くちゃ**になった状袋を出していきなり投げつけた。（楢ノ木大学士の野宿）

「ぐしょぬれ」と「ばらまき」はそれぞれ「ぐしょぐしょにぬれる」と「ばらばらにまく」というオノマトペと動詞から成る動詞句が名詞化されて派生したと考えられる。一方「皺くちゃ」は「皺」という名詞と「くちゃくちゃ」というオノマトペの語基「くちゃ」で構成された凍結した複合名詞と考えられる。

オノマトペの使い方④　引用

①〜③では、オノマトペが文の中でどのように用いられているか（動詞を修飾するのか、動詞になるのか、名詞になるのか）、賢治の作品から採取した実例を見てきた。

続いて、本節では、オノマトペが引用として用いられている例を見てみることにしよう。引用の最も典型的な形式は「Xという Y」という表現でXが引用された部分に相当する。賢治の作品にもこの引用形式を含む文が見られる。

・その間には／「**タンパララタ、タンパララタ、ペタンペタンペタン。**」／という豆太鼓の音もする。（三人兄弟の医者と北守将軍〔韻文形〕　＊原文は／で改行、以下同様）

・「**カーカーココーコー、ジャー。**」という水の流れるような音が聞えるのでした。（十月の末）

・その扉の向うのまっくらやみのなかで、「**にゃあお、くわお、ごろごろ**」という声がして、それからがさがさ鳴りました。（注文の多い料理店）

賢治の作品には、「Xという Y」という形式ではないが、オノマトペが引用されたことを示す引用符（「　」のこと）と共に助詞「と」を伴った形式の表現も見られる。

・「**ピートリリ、ピートリリ。**」と鳴いて、その星あかりの下を、まなづるの黒い影がかけて行きました。（まなづるとダアリヤ）

・つりがねそうが朝の鐘を「**カン、カン、カンカエコ、カンコカンコカン。**」と鳴ら

しています。（貝の火）

・「**ガーン、ドロドロドロドロドロドロ、ノンノンノンノンノン。**」と耳もやぶれるばかりの音がやって来ました。（ペンネンネンネンネン・ネネムの伝記）

いずれの形式であっても、ここで引用されているオノマトペは、私たちが普段日常的に使っている慣習的オノマトペではなく、ほとんどが賢治独特の非慣習的オノマトペであることがおわかりいただけたと思う。このように賢治が非慣習的オノマトペを使用するのは、耳に入ってくる音をリアルに表現したいためにあえて慣習的オノマトペを使用せず、聞こえてくるがままの音にできるだけ忠実なオノマトペによってより臨場感を表したいからなのではないだろうか。これこそが賢治の作品を一際深く魅力あるものにしている所以である。賢治独特の非慣習的オノマトペおよびその魅力溢れる世界については、次章以降で具体的に見ていくことにする。

オノマトペの使い方⑤　独立用法

最後に、オノマトペが文の一部として用いられるのではなく、文の外で独立して単独で用いられる例について見てみよう。

・**ガタン。ピシャン。**虎猫がはいって来ました。（寓話　猫の事務所）

・「**ジャラジャラジャラジャラン。**」事務長が高くどなりました。（寓話　猫の事務所）

・「**ピシャッ。シインン。**」餌についていた鍵がはずれて鼠とりの入口が閉じてしまいました。（「ツェ」ねずみ）

・**ダー、ダー、ダースコ、ダー、ダー。**踊ったぞ、踊ったぞ。（種山ヶ原）

・「**ツツンツツン、チ、チ、ツン、ツン。**」みそさざいどもは、とんだりはねたり、柳の木のなかで、じつにおもしろそうにやっています。（十月の末）

右に挙げた例では、いずれもまずオノマトペが単独で用いられ、その後に説明文が続いている。このように、オノマトペが文の外で単独で起こる場合、通常、オノマトペが先に用いられ、その後に説明文が続いているのがわかるだろう。

しかしながら、次の例が示すように、オノマトペと説明文が逆の順序で起こることもあるようだ。

・ただあのつりがねそうの朝の鐘だけは高く高く空にひびきました。「**カンカンカンカエコカンコカンコカン。**」（貝の火）

・向うではサンムトリが第三回の爆発をやっています。「**ガアン、ドロドロドロドロ、ノ**

ンノンノンノン。」（ペンネンネンネンネン・ネネムの伝記）

オノマトペが文の外で独立して用いられる場合、引用の場合と同様、慣習的オノマトペではなく、賢治独特の創作オノマトペが多い。

以上、オノマトペの形態や使い方を詳細に見てきたが、簡単にまとめると次のようになる。オノマトペの形態は、1モーラを基本形に持つものと2モーラを基本形に持つものに大別できるが、ほとんど全てのオノマトペはこれらの基本形に「っ」（促音）、「ん」（撥音）、「り」を付加したり、長音化したり、基本形を反復したり、あるいは、これらの組み合わせによって成り立っている。また、オノマトペの使い方は、①動詞を修飾する様態副詞、結果副詞、程度副詞としての用法、②「―する」「―つく」「―めく」などの動詞語尾を伴うことによる動詞の機能、③名詞としての機能、④引用符（「」）＋助詞「と」を伴うことによる引用用法、⑤独立用法がある。

本章でのオノマトペの基本的理解を踏まえて、次章以下で魅力溢れる賢治独特の創作オノマトペの世界を見ていこう。

第3章

解明！　賢治オノマトペの法則

第2章では、私たちが普段日常的に使っている慣習的オノマトペが形態的・機能的にどのような特徴を持っているかご理解いただけたと思う。賢治の作品にはこのような慣習的オノマトペだけでなく賢治独特のオノマトペが多数用いられているとよく指摘されるが、具体的にどこがどのようにユニークなのか、筆者の知る限り明らかにされていないと思われる。しかしながら、このような賢治独特のオノマトペは全くの無から創作されたのではなく、その創作にも法則があり、慣習的オノマトペを何らかの形で利用して創作されたと考えられる。本章では、賢治独特のオノマトペが慣習的オノマトペからどのような法則に基づいて創作されたかを解明することにしよう。

また、賢治独特のオノマトペと慣習的オノマトペは基本的にはよく似た意味を表すものの、そのニュアンスには微妙な違いがあるので、どのようなニュアンスの違いが感じられるか、読者の皆さんも一緒に考えてみて欲しい。

1．一音の違いが生み出す微妙なニュアンス

法則1……慣習的オノマトペを構成している音を別の音に変化させる。

法則1は、変化させる音によってさらにいくつかの種類に分類できるので、それらを順次見ていこう。

1・1　別の子音に変えるだけでどう変わる？

まず、慣習的オノマトペを構成している子音を別の子音に変える法則を適用して創作されたと考えられる例を見ていくが、具体的にどのような子音をどのように変えるかによって、さらにいくつかの種類に分類される。

①音をクリアにしてみると…

賢治の作品の中の次の例をまず見てみよう。

・…わたしビールのむ、お茶のむ、毒のまない。これながいきの薬ある。のむよろしい。」支那人はもうひとりで**かぷっ**と呑んでしまいました。（山男の四月）

私たちは「かぷっと呑む」などという表現を使ったこともないし、誰かがこのような表現を使っているのを聞いたこともないだろう。それにも拘わらず、賢治は「かぷっと呑む」という表現を用いている。「かぷっ」は慣習的オノマトペとは考えられないが、皆さんなら「かぷっ」の代わりにどのようなオノマトペを使うだろうか。例文から、支那人が長生きの薬を躊躇せずに一気に呑んだことが読み取れるので、「かぷっ」によく似た「がぶっ」を思いつくのではないだろうか。

ここで、賢治がどのような法則を用いたかは、「かぷっ」と「がぶっ」を比較してみるとよくわかる。すなわち、「かぷっ」と「がぶっ」を比べてみると、語頭音（「か」と「が」）と第2モーラの音（「ぷ」と「ぶ」）が異なっている。したがって、賢治が慣習的オノマトペの「がぶっ」を念頭に置いて独自の「かぷっ」を創作したと仮定すれば、語頭音の「が」を「か」に、そして第2モーラの「ぶ」を「ぷ」に変えて創作したと考えられる。

慣習的オノマトペ	**「が」「ぶ」っ**
	↓　↓
賢治のオノマトペ	**「か」「ぷ」っ**

【音をクリアにする法則】

ここまで書けばどのような法則が用いられているか、もう皆さんお気づきだろう。そう！「が」

という濁った音（有声音）を「か」というクリアな音（無声音）に変える法則と「ぶ」という濁った音を「ぷ」というクリアな音に変える法則が用いられているのである。このような有声音を無声音に変える【音をクリアにする法則】は「無声化」と呼ばれる。

同様に、次の例にも【音をクリアにする法則】が用いられているので、見てみよう。

・とのさまがえるは…足をふんばりましたが、おしまいの時は足が**キクッ**と鳴ってくにゃりと曲がってしまいました。（カイロ団長）

・豚はぴたっと耳を伏せ、眼を半分だけ閉じて、前肢を**きくっ**と曲げながらその勘定をやったのだ。（フランドン農学校の豚）

読者の皆さんは「足がキクッと鳴る」や「前肢をきくっと曲げる」という表現を見たり聞いたりしたら、どのように感じるだろうか。やはり何となく不自然に感じ、いずれの場合にも「キクッ」／「きくっ」ではなく「ギクッ」／「ぎくっ」を使うだろう。ここでも【音をクリアにする法則】が用いられている。

【音をクリアにする法則】

慣習的オノマトペ	「ギ」クッ	←	「ぎ」くっ
賢治のオノマトペ	「キ」クッ	←	「き」くっ

ちなみに、次の例が示すように、一瞬驚いたり恐れたりする様を描写するときには、賢治も「きくっ」ではなく「ぎくっ」を用いている。

・百姓どもは**ぎくっ**とし、オツベルもすこしぎょっとして、大きな琥珀のパイプから、ふっとけむりをはきだした。(オツベルと象)

・ところが楢ノ木大学士はも一度**ぎくっ**と立ちどまった。(楢ノ木大学士の野宿)

では、賢治は、「がぶっ」や「ぎくっ」のような慣習的オノマトペが存在しているにも拘わらず、なぜあえて「かぷっ」や「きくっ」といった、賢治独特の非慣習的オノマトペを用いたのだろう。そこには、賢治の意図する微妙なニュアンスの違いがうかがわれる。

日本語オノマトペには、「ごろごろ」「ころころ」のように、有声・無声のペアが数多く存在するが、「ごろごろ」と「ころころ」を例に有声と無声でどのような微妙なニュアンスの違いが生じるのか見てみよう。

有声の場合　（1）「ごろごろ」石が転がる　（2）「ごろごろ」雷が鳴る
無声の場合　（1）「ころころ」石が転がる　（2）「ころころ」笑う

両者は基本的には同じ意味を表すが、「（1）「ごろごろ」石が転がる／「ころころ」石が転がる」を比較した場合、「ごろごろ」と「ころころ」では、有声の「ごろごろ」の方が無声の「ころころ」よりも、大きな石が転がっていると感じるだろう。また、「（2）「ごろごろ」雷が鳴る／「ころころ」笑う」を比較した場合、当然雷の音の方が笑い声よりも大きな音なので、私たちは無意識のうちに、より大きな音を表す有声の「ごろごろ」を雷に、それほど大きくない音を表す無声の「ころころ」を笑い声に使っているのである。

このように、有声のオノマトペの方が無声のオノマトペよりも、関わっている音やものが大きかったり、関わっている動作がより活発であったり、関わっている動作や状態の程度がより激しかったりというようなニュアンスの違いがある。

このような微妙なニュアンスの違いを踏まえて、改めて先ほどの非慣習的オノマトペを用いた例文を読み返してみると、いずれも関わっている動作が有声の慣習的オノマトペほど活発でないことが示唆される。

②音を濁らせてみると…

①では、「が」→「か」のように、有声音を無声音に変える【音をクリアにする法則】を見てきたが、これとは逆に、「か」→「が」のように、無声音を有声音に変える【音を濁らせる法則】はあるのだろうか。次の例を見てみよう。

・時計が**がちっ**と鳴りました。あの蒼白いつるつるの瀬戸でできているらしい立派な盤面の時計です。（耕耘部の時計）

「がちっ」は、日本語語彙として定着したオノマトペであるが、右の例文のようなコンテクストにおいては非慣習的であると思われる。すなわち、「がちっ」は、「鍬《くわ》が石に当ったようでがちっと鳴った」のように、金属などのかたいもの同士がぶつかったときに生ずる音を描写するのに用いられるが、時計の針が動くときに生ずる音を描写するのには用いられない。

通常、時計の針が動く時の音を描写する際に用いる慣習的オノマトペは、「がちっ」ではなく、「かちっ」であろう。

したがって、賢治は慣習的オノマトペの「かちっ」を念頭に置いて独自の「がちっ」を創作したと仮定でき、「か」というクリアな音を「が」という濁った音に変える法則を用いたと思われるのである。このような無声音を有声音に変える【音を濁らせる法則】は「有声化」と呼ばれる。

慣習的オノマトペ　「か」ちっ
　　　　　　　　　　　↓
賢治のオノマトペ　「が」ちっ

【音を濁らせる法則】

無声子音で始まる慣習的オノマトペと、有声子音で始まる非慣習的オノマトペは、先ほど①で述べたように、基本的には非常によく似た意味を表し、有声・無声の対立に起因する微妙なニュアンスの違いだけが示唆される。すなわち、「がちっ」は、例えば柱時計のような大きな時計の針が動くときに生じる比較的大きな音を連想させる。実際、例文では「立派な盤面の時計」と描写されているように、賢治はこのような大きな時計の針が動くときに生じる音を読者に連想させようとして、「がちっ」という独自のオノマトペを用いたのであろう。賢治の語感の鋭さがうかがわれる。

③「しゃ」を「ちゃ」に変えてみると…

①と②では、【音をクリアにする法則】（無声化の法則）と【音を濁らせる法則】（有声化の法則）について見てきたが、慣習的オノマトペを構成している音を別の音に変化させる法則1には、他に【「しゃ」を「ちゃ」に変える法則】もある。次の例を見てみよう。

・ツェ鼠はプイッと中へはいって、**むちゃむちゃ**と半ぺんをたべて、…（「ツェ」ねずみ）

「むちゃむちゃ」は明らかに日本語語彙として定着した慣習的オノマトペではない。しかしながら、日本語にはこの非慣習的オノマトペとよく似た形態の慣習的オノマトペが存在する。ほとんどの読者は「むしゃむしゃ」を思い浮かべるだろう。「むちゃむちゃ」と「むしゃむしゃ」の違いは「ちゃ」(cha) と「しゃ」(sha) の違いだけである。

したがって、ここで用いられている法則は、**【「しゃ」を「ちゃ」に変える法則】**、正確には「しゃ」の出だしの子音を「ちゃ」の出だしの子音に変える法則である。

慣習的オノマトペ	**む「しゃ」む「しゃ」**
	↓　　↓
賢治のオノマトペ	**む「ちゃ」む「ちゃ」**

【「しゃ」を「ちゃ」に変える法則】

慣習的な「むしゃむしゃ」も下品な食べ方を描写するが、賢治が用いている非慣習的な「むちゃむちゃ」は、より下品な食べ方を連想させる。読者の皆さんはどのように感じるだろうか。

④「にょ」を「の」に変えてみると…

また、慣習的オノマトペを構成している音を別の音に変化させる法則1には、【「にょ」を「の」に変える法則】もある。次の例を見てみよう。

・…空の桔梗のうすあかりには、山どもが**のっきのっき**と黒く立つ。（楢ノ木大学士の野宿）

「のっきのっき」というオノマトペが定着した語彙でないことは明らかである。この非慣習的オノマトペに対応すると考えられる慣習的オノマトペは「にょきにょき」であろう。「のっきのっき」と「にょきにょき」を比べてみると、まず「の」と「にょ」の出だしの鼻音が異なっている。もう一つの相違点は、「のっきのっき」には「っ」（促音）が含まれているが、「にょきにょき」には含まれていない。このことから、賢治独特の非慣習的な「のっきのっき」は、慣習的な「にょきにょき」から、【「にょ」を「の」に変える法則】と後で述べる【「っ」挿入の法則】を適用して創作されたと仮定できる。

慣習的オノマトペ	「にょ」き「にょ」き	
	↓　　↓	
	「の」き「の」き	【「にょ」を「の」に変える法則】
	↓　　↓	
賢治のオノマトペ	の「っ」きの「っ」き	【「っ」挿入の法則】

ここで「にょきにょき」を使わずに「のっきのっき」を使った賢治の意図は明らかではないが、「にょきにょき」は筍などの植物が勢いよく生える様を表すのに使われ、山々が連立する様を表すのにあまりしっくりこないと思われる。そこで、賢治は「にょきにょき」を変化させた「のっきのっき」という非慣習的オノマトペを使うことにより、山々が凛として聳《そび》え立っている様を表現しようとしたのではないだろうか。ここにも賢治独特のオノマトペに関する感性を見て取ることができる。

1・2　別の母音に変えるだけでどう変わる?

賢治の作品には、1・1で見たような、慣習的オノマトペを構成している子音を別の子音に変化させた賢治独特のオノマトペ以外に、慣習的オノマトペを構成している母音を別の母音に変化させた賢治特有の非慣習的創作オノマトペが多数見られる。

①「う」を「お」に変えると…

では、まず母音の「う」を「お」に変えた場合の賢治独自のオノマトペの例を見てみよう。同時に、「う」を「お」に変えることによりどのようなニュアンスの違いが生じるかも感じてみよう。

・男は…一生けん命口の中で何か**もにゃもにゃ**云っていました。（祭の晩）

皆さんは「もにゃもにゃ」というオノマトペを使ったことがあるだろうか。少なくとも筆者は自分の人生において一度も使ったことはないし、誰かが使っているのを聞いたこともない。やはり「もにゃもにゃ」は日本語語彙として定着したオノマトペではなく、賢治独特の創作オノマトペと思われる。通常、右の例文では、「もにゃもにゃ云う」ではなく、「むにゃむにゃ云う」と表現するだろう。したがって、賢治独特の「もにゃもにゃ」は慣習的な「むにゃむにゃ」から「む」を「も」に、つまり母音「う」を「お」に変える法則によって派生したと仮定できる。

慣習的オノマトペ　「む」にゃ「む」にゃ
　　　　　　　　　↓　　↓
賢治のオノマトペ　「も」にゃ「も」にゃ

【「う」を「お」に変える法則】

「もにゃもにゃ」と「むにゃむにゃ」は「も」と「む」が違うだけで形態的に非常によく似ているが、どのようなニュアンスの違いがあるのか見てみよう。

「むにゃむにゃ」も「もにゃもにゃ」も不明瞭な話し方を描写するが、「も」を含む「もにゃもにゃ」の方が「む」を含む「むにゃむにゃ」よりも不明瞭な感じを受けるのではないだろうか。このことは、「もぐもぐ」「もごもご」「もじもじ」「もさもさ」「もそもそ」「もたもた」「もやもや」「もぞもぞ」といった「も」で始まるオノマトペが、いずれも「不明瞭さ」と何らかの形で関連していることから理解できるだろう。このように、賢治は「非常に不明瞭な話し方であること」を強調したいがために、あえて慣習的な「むにゃむにゃ」ではなく、「もにゃもにゃ」という非慣習的なオノマトペを使ったと推察される。

【「う」を「お」に変える法則】を使ったと思われる、別の例を見てみよう。

・…事務長の黒猫が、**もしゃもしゃ**パンを喰べながら笑って云いました。（寓話　猫の事務所）

「もしゃもしゃ」は『日本語オノマトペ辞典』の語彙項目に載っているが、食べ方を描写する例文として挙げているのは宮沢賢治の右の例文だけである。賢治以外の作品から採取した例文が挙げられているのであれば、食べ方を描写する、このオノマトペを慣習的オノマトペと見なす可能性はあるが、賢治の作品の例文しか挙げられていないので、賢治独特の非慣習的オノマトペと見なすのが妥当だろう。「もしゃもしゃ」は、右の例文のコンテクストにおいて「むしゃむしゃ」という慣習的オノマトペと対応しており、通常、この慣習的オノマトペが用いられると考えられる。したがって、この賢治独特と考えられる非慣習的オノマトペは、対応する慣習的オノマトペから、「む」を「も」、つまり母音「う」を「お」に変化させて創作されたと仮定できる。

「もしゃもしゃ」と「むしゃむしゃ」のニュアンスの違いについては、「も」を発音するとき口をあまり大きく開けないで口の奥の方で発音することから、「もしゃもしゃ」は「むしゃむしゃ」に比べて口をすぼめて食べている様をイメージさせる。おそらくパンを食べている主体が黒猫であり、皆さんもご存知のように猫の口はおちょぼ口なので「むしゃむしゃ」よりも「もしゃもしゃ」のほうが表現としてより適切だという賢治の語感が働いたのであろう。そういう意味では、ウサギも「もしゃもしゃ」ニンジンの葉を食べそうである。

②「う」を「い」に変えると…

次に、母音の「う」を「い」に変えた場合の賢治独自のオノマトペの例を見てみよう。

・少女のギルダは、まるでぶなの木の葉のように**プリプリ**ふるえて、輝いて、いきがせわしくて思うように物が云えない。（マリヴロンと少女）

右の例で、通常、震えるときにはどのようなオノマトペを使うだろうか。すぐに思いつくのはやはり「プルプル」であろう。

「プリプリ」は慣習的オノマトペであるが、その用法としては、「プリプリ怒る」やプリンなどの弾力のあるものが、「プリプリ揺れる」といった使われ方をする。右の例のように、震える場合に使うオノマトペとして通常「プリプリ」は使わないだろう。

したがって、右の例文に用いられている「プリプリ」は、「ふるえる」という動詞と一緒に使われる慣習的な「プルプル」から、「ル」を「リ」に変える、すなわち母音「う」を「い」に変える法則を通して派生したと考えられる。

もっとも、別の解釈としては、通常、「プリプリ」は「怒る」や「揺れる」などのような特定の動詞と一緒にしか使われないが、それを非慣習的な使い方をして意図的に「ふるえる」という動詞と一緒に使った、という解釈もありうる。

慣習的オノマトペ　プ「ル」プ「ル」
賢治のオノマトペ　プ「リ」プ「リ」

【「う」を「い」に変える法則】

では、なぜ賢治は「プルプル」ではなく「プリプリ」を使ったのだろう。ポイントは「ぶなの木の葉のように」というところにあると想像できる。あくまでも語感の問題であるが、ぶなの木の葉のような薄っぺらいものが風に吹かれて小刻みに震える様を表現するには「プルプル」よりも「プリプリ」のほうが賢治にとってしっくりしたのであろう。

③「う」を「え」に変えると…

母音の「う」を他の母音に変える法則には、【「う」を「え」に変える法則】もある。次の例を見てみよう。

・殊に狸はなめくじの話が出るといつでも**ヘン**と笑って云いました。（寓話　洞熊学校を卒業した三人）

「ヘン」は、日本語として定着していない賢治特有の非慣習的オノマトペと思われる。右の例文のコンテクストでは、どのような慣習的オノマトペが考えられるだろうか。大抵の読者は「フン」を用いるだろう。非慣習的な「ヘン」は慣習的な「フン」から、「フ」を「ヘ」に変える、つまり母音「う」を「え」に変える法則によって派生したと仮定できるだろう。

【「う」を「え」に変える法則】

慣習的オノマトペ	**「フ」ン**
	↓
賢治のオノマトペ	**「ヘ」ン**

では、「ヘン」からどのようなニュアンスが感じられるだろうか。「フン」は単に相手を見下した表現だと思われるが、「ヘン」は単に相手を見下すだけでなく得意げになってあざ笑っているようなニュアンスが感じられる。

④「あ」を「お」に変えると…

①〜③では、母音の「う」を他の母音に変える法則を見てきたが、「あ」を他の母音に変える法則もある。まず、「あ」を「お」に変えた賢治独自のオノマトペの例を見てみよう。

・けれどもぼくは、…やっぱり**ぽくぽく**それをたべていました。(銀河鉄道の夜)
・杜に帰って烏の駆逐艦は、みな**ほうほう**白い息をはきました。(烏の北斗七星)

右の文に見られる「ぽくぽくたべる」や「ほうほう白い息をはく」という表現は不自然であり、私たちはこのような表現を用いることはないだろう。つまり、「ぽくぽく」「ほうほう」は、いずれもそれぞれのコンテクストにおいては、非慣習的な使われ方をしている。通常、私たちは、「ぽくぽく」「ほうほう」ではなく、慣習的な「ぱくぱく」「はーはー」を用いるだろう。したがって、「ぽくぽく」と「ほうほう」は、それぞれに対応する慣習的オノマトペから、「は」を「ほ」に変える、すなわち母音「あ」を「お」に変える法則によって派生したと仮定できる。なお、「ほうほう」に含まれている「う」は、表記上「う」と表記されているだけで、実際には「う」と発音されるのではなく、単に母音の長音化を表す。したがって、「ほうほう」は「ほーほー」と同一であると見なされる。

慣習的オノマトペ	「ぱ」く「ぱ」く
	「は」ー「は」ー
	←　←
賢治のオノマトペ	「ぽ」く「ぽ」く
	「ほ」ー「ほ」ー

【「あ」を「お」に変える法則】

では、「あ」を「お」に変えることによりどのようなニュアンスの違いが生じるだろうか。「お」を含む非慣習的オノマトペと、「あ」を含む慣習的オノマトペの音象徴効果について検討してみよう。まず、「ぽくぽく」と「ぱくぱく」を比較してみると、慣習的な「ぱくぱく」は、口を大きく開けて活発に食べる様を表すが、非慣習的な「ぽくぽく」は、口をあまり開けないで食べる様を連想させる。同様に「はーはー」は、口を大きく開けて息を吐く様子を想像させるが、「ほうほう」は、「はーはー」程大きく口を開けないで息を吐く様を連想させる。実際に「あ」と「お」を発音する際の口の大きさによって、オノマトペのニュアンスの違いが反映されているのは面白いと感じる読者もいるのではないだろうか。

⑤「あ」を「い」に変えると…

次に、「あ」を「い」に変えた賢治独自のオノマトペの例を見てみよう。

・とのさまがえるは次の室の戸を開いてその閉口したあまがえるを押し込んで、戸を**ぴたん**と閉めました。（カイロ団長）

・ここの環の所へ足を入れると**ピチン**と環がしまって、もうとれなくなるのです。（茨海小学校）

右の例文のコンテクストにおいて、「ぴたん」および「ピチン」を使う人はほとんどいないだろう。したがって、これらのオノマトペは、日本語として定着した慣習的オノマトペとは見なされない。おそらく、この場面で使う慣習的オノマトペは、それぞれ「ぱたん」／「ぴたっ」および「パチン」／「ピチッ」であろう。

「ぴたん」は「ぱたん」が表すイメージを維持しつつ、「ぴたっ」が表す「ものが隙間なくくっつく様」を同時に描写したいと考えて、「ぱたん」と「ぴたっ」を組み合わせて「ぴたん」という賢治独特の非慣習的オノマトペが創られたのではないかと思われる。

同様に「ピチン」も、「パチン」と「ピチッ」が持つ意味を同時に表そうとして、この二つのオノマトペを組み合わせたのではないかと考えられる。

「ぴたん」と「ピチン」が、それぞれ「ぱたん」と「パチン」から派生したと仮定すれば、「ぱ」

「パ」を「ぴ」「ピ」に変える、すなわち母音「あ」を「い」に変える法則が関わっていることになる。

【「あ」を「い」に変える法則】

慣習的オノマトペ	**「ぱ」たん**	**「パ」チン**
	↓	
賢治のオノマトペ	**「ぴ」たん**	**「ピ」チン**

一方、「ぴたん」と「ピチン」がそれぞれ「ぴたっ」および「ピチッ」から派生したと仮定すれば、「ぴた」「ピチ」という語基に「ん」（撥音）を付加して、非慣習的な「ぴたん」「ピチン」が創られたと考えられる。

慣習的オノマトペ語基	賢治のオノマトペ
ぴた ピチ	→ ぴた＋「ん」 ピチ＋「ン」

【「ん」を付加する法則】

⑥「あ」を「う」に変えると…

また、賢治独自のオノマトペには【「あ」を「う」に変える法則】も見出される。次の例を見てみよう。

・それにひどく深くて急でしたからのぞいて見ると全く**くるくる**するのでした。（谷）
・私はちらっと下を見ましたがもう**くるくる**してしまいました。（谷）
・もうだめだ、おしまいだ。しくじったと署長は思いました。そしてもうすっかり**ぐるぐる**して壇を下りてしまいました。（税務署長の冒険）
・「多分ひばりでしょう。ああ頭が**ぐるぐる**する。お母さん。まわりが変に見えるよ。」（貝火）

「くるくる」および「ぐるぐる」は、共に慣習的オノマトペであるが、「くるくるする」や「ぐるぐるする」という動詞は、定着した慣習的表現ではない。右の例文のコンテクストにおいて「くるくるする」と「ぐるぐるする」に対応する慣習的な表現は、「くらくらする」と「ぐらぐらする」である。したがって、賢治が使っている非慣習的な「くるくるする」と「ぐるぐるする」は、それぞれ慣習的な「くらくらする」と「ぐらぐらする」から、「ら」を「る」に変える法則、正確には母音「あ」を「う」に変える法則によって派生したと仮定できる。

【「あ」を「う」に変える法則】

慣習的オノマトペ	**く「ら」く「ら」する** **ぐ「ら」ぐ「ら」する**
	↓　↓
賢治のオノマトペ	**く「る」く「る」する** **ぐ「る」ぐ「る」する**

右では、**【「あ」を「う」に変える法則】**を用いて、「くるくるする」や「ぐるぐるする」という賢治独自のオノマトペを創作したと述べたが、それとは異なる別の法則を用いたのではないか、と考える読者もいるかもしれない。

「くるくる」と「ぐるぐる」は「何かが回る様」を表し、「くらくら」と「ぐらぐら」は「何かが揺れる様」を表す。このように両者は基本的に比較的よく似た意味を表す。両者の違いは、「―する」動詞として用いることができるかどうかという文法的な違いである。「くるくる」と「ぐるぐる」は、「―する」という動詞として用いることはできないが、「くるくる目が回る」や「ぐるぐる目が回る」のように、副詞として用いることができ、「頭がくらくらする」や「頭がぐらぐらする」とよく似た意味を表す。したがって、「くるくるする」や「ぐるぐるする」は、それぞれ「くるくる」「ぐるぐる」に、動詞語尾「―する」を付加して派生したという可能性も考えられる。別な言い方をすると、「くるくる」と「ぐるぐる」は通常、慣習的に「―する」動詞として用いることができないが、賢治はこの制約を破ってこれらのオノマトペを「―する」動詞として用いたと解釈することも可能なように思われる。

【「―する」を付加して動詞化する法則】

慣習的オノマトペ	**くるくる** **ぐるぐる**
	↓
賢治のオノマトペ	**くるくる＋「する」** **ぐるぐる＋「する」**

確かに一見このような解釈も成り立つが、全ての例に当てはまる普遍的な法則とは言えない。例えば、「目がぐるぐる回る」と言えるが、「頭がぐるぐる回る」とは言えないので、この解釈は最後の「…頭がぐるぐるする…」という例には当てはまらないのである。

⑦「あ」を「え」に変えると…

最後に「あ」を「え」に変える法則を使った例も見てみよう。

・とうとう三疋共頭が**ペチン**と裂けたことでも何でもすっかり出ているのでした。（クンねずみ）

「ペチン」は、明らかに日本語オノマトペとして定着した語彙ではないので、右の文において、賢治と同じように「ペチン」を使うという読者は一人もいないと思われるが、皆さんならどのようなオノマトペを使うだろうか。大抵の読者はおそらく「パチン」と答えると思われる。したがって、「ペチン」は、慣習的オノマトペである「パチン」から、「パ」を「ペ」に変える、すなわち母音「あ」を「え」に変える法則によって派生したと仮定できる。

慣習的オノマトペ　「パ」チン
　　　　　　　　　　↑
賢治のオノマトペ　「ぺ」チン

【「あ」を「え」に変える法則】

では、「ぺチン」と「パチン」ではどのような語感の違いがあるだろうか。「ぺチン」と「パチン」を比べてみると、この二つのオノマトペは非常によく似た形態をしている。唯一の相違は語頭音（「ぺ」と「パ」）の違いだけである。

次の例文で「ぺチン」と「パチン」のニュアンスの違いを考えてみよう。

（1）「大きい頭が｛パチン／ぺチン｝と裂ける」
（2）「小さい頭が｛パチン／ぺチン｝と裂ける」

皆さんなら、感覚的にどちらのオノマトペがより適切だと感じるだろうか。おそらく、（1）では「パチン」が、（2）では「ぺチン」がより適切だと感じるだろう。つまり、「ぺ」と「パ」の違い、正確には「え」と「あ」は、大きさの違いを表しているのである。

では、なぜここで賢治は「パチン」という慣習的なオノマトペではなく「ぺチン」という臨時のオノマトペを使用したのだろう。
右の例文では主語が単に頭とだけしか記述されていないが、実際は「むすめねずみの頭」が裂けたのであり、このような小さなものが裂ける音ないし動作を描写するには、「パチン」よりも「ペチン」の方が、より適切に表現できると、賢治は考えたのではないかと想像できるのである。

ここまで来ると皆さんはお気づきだろうが、「あ」を別の母音に変える法則には、「い」に変える法則から「お」に変える法則まで全てのパターンがあるのである。

⑧「い」を「え」に変えると…

次に、「い」を他の母音に変える法則を順次見ていくことにしよう。まずは、【「い」を「え」に変える法則】を使用したと思われる例から見てみよう。

・すると鷺は、蛍のように、袋の中でしばらく、青く**ぺかぺか**光ったり消えたりしていましたが、……（銀河鉄道の夜）
・そしてジョバンニは…しばらく蛍のように、**ぺかぺか**消えたりともったりしているのを見ました。（銀河鉄道の夜）
・…蠟燭《ろうそく》の火のように光ったり又消えたり**ぺかぺか**しているのを見ました。（光の素足）

「ぺかぺか」は慣習的オノマトペではなく、通常、右の例文のようなコンテクストでは、慣習的な「ぴかぴか」が用いられる。したがって、非慣習的な「ぺかぺか」は、慣習的な「ぴかぴか」から「ぴ」を「ぺ」に変える、つまり母音「い」を「え」に変える法則によって派生したと考えられる。

【「い」を「え」に変える法則】

慣習的オノマトペ	**「ぴ」か「ぴ」か**
	↓　　↓
賢治のオノマトペ	**「ぺ」か「ぺ」か**

皆さんは「ぺかぺか光る」と聞いてどのような光り方を想像するだろうか。「ぺかぺか」と「ぴかぴか」を比べてみると、「ぺかぺか」は「ぴかぴか」よりもどことなく弱い光を描写しているような印象を与える。

では、この両者の微妙な意味の違いはどこから来るのであろう。それは、両者が含んでいる母音の違いに起因する。「い」は「弦をピンと張る」や「ぴっと笛を吹く」のように、線ないし一直線に伸びたものや甲高い音を表すと言われているのに対し、「え」は「げーげー」「けらけら」のように、不適切さや下品さを表すとされている。このような母音が持つニュアンスの違いを光り方を表現するオノマトペの例で見た場合、母音「い」を含む「ぴかぴか」は「線」という意味と関連しており、鮮明かつシャープなイメージを与えるのに対し、「え」を含む「ぺかぺか」は「ぴかぴか」ほど鮮明で強い光り方ではなく鈍い光り方を表すものと思われる。

ここで賢治が「ぺかぺか」を使用しているのも、蛍の光や蠟燭の火に喩えた光であり、ともに眩しい光ではなく鈍い光であるからであろう。賢治の語感の鋭さの表れである。

なお、「ぺかぺか」は、慣習的な「ぴかぴか」から「ぴ」の母音「い」を「ぺ」の母音「え」に変える法則によって派生したと考えられると述べたが、「ぺかぺか」が岩手方言のオノマトペで、「消えることに特徴を持つ光」を表すのに用いられるという指摘もある。実際、右の例は、いずれも光ったり消えたりする、点滅する光り方を描写するのに用いられている。

次の例が示すように、賢治は、「ぺかぺか」と共に慣習的な「ぴかぴか」も彼の作品に用いている。

- びっくりして屈んで見ますと、草のなかに、あっちにもこっちにも、黄金いろの円いものが、**ぴかぴか**ひかっているのでした。（どんぐりと山猫）
- 二人の若い紳士が、すっかりイギリスの兵隊のかたちをして、**ぴかぴか**する鉄砲をかついで、…（注文の多い料理店）
- 木なんかみんなザラメを掛けたように霜で**ぴかぴか**しています。（雪渡り）

・ニッケル鍍金《めっき》でこんなに**ぴかぴか**光っています。（茨海小学校）

・先生は**ぴかぴか**光る呼子を右手にもってもう集れの支度をしているのでしたが、…（風の又三郎）

右の例から明らかなように、「ぴかぴか」は、いずれも光ったり消えたりする、点滅する光り方を描写しているのではなく、連続して光っている状態を描写するのに用いられている。このことから、共通語では、連続して光っている状態も点滅した光り方も「ぴかぴか」というオノマトペで描写されるが、岩手方言では、連続して光っている状態を描写するのに「ぴかぴか」が、点滅した光り方を描写するのに「ぺかぺか」が用いられるということかもしれない。

⑨「い」を「あ」に変えると…

では、**【「い」を「あ」に変える法則】**を使ったと思われるものにはどのような例があるだろうか。

・実際それを一ぱいとることを考えると胸が**どかどか**するのでした。（谷）

・タネリは、やどり木に何か云おうとしましたが、あんまり走って、胸が**どかどか**ふいごのようで、どうしてもものが云えませんでした。（タネリはたしかにいちにち噛んでいたようだった。）

・けれども又じっとその鳴って吠えてうなってかけて行く風をみていますと今度は胸が**どかどか**なってくるのでした。（風の又三郎）

「どかどか」は慣習的オノマトペであるが、通常、「大勢の人がどかどか家に入ってきた」といったような使われ方をして、「胸がどかどかする」という慣習的な表現はない。この非慣習的な表現に対応する慣習的な表現は「胸がどきどきする」である。したがって、右の例文に用いられている「どかどか」は、いずれも慣習的オノマトペ「どきどき」から、「き」を「か」、つまり母音「い」を「あ」に変える法則を適用して派生したと仮定できる。

【「い」を「あ」に変える法則】

慣習的オノマトペ	**ど「き」ど「き」**
	↓　　↓
賢治のオノマトペ	**ど「か」ど「か」**

では、「胸がどかどかする」と「胸がどきどきする」とではどのようなニュアンスの違いがあるだろうか。非慣習的な「どかどか」は、「全体」や「外への拡がり」という音象徴的意味を表す母音「あ」を含んでいるので、いずれの場合においても慣習的な「どきどき」よりも、胸の高鳴りが

激しい興奮した状態を描写すると考えられる。

もちろん、「どかどか」という慣習的オノマトペの意味範囲および用法を拡大したとも解釈できる。すなわち、「どかどか」は、それがカバーする意味範囲を拡大し、比喩的に「胸の高鳴り」を描写するのにも用いられ、さらにそのような状態を表すのに、その用法を拡大して、「どかどかする」という動詞の一部としても用いたと考えることも可能であろう。

なお、宮城県北西部では「心臓がどきどきする」という意味で「胸がどがどがんなった」という言い方をするという指摘もある。この場合、単に「胸がどきどきする」のではなく、「落ち着きがない」という意味を含んでいるそうである。いずれにしても「どかどか」は、いずれの例においても興奮していて落ち着きのない状態を描写していると考えられる。

この法則が関係していると仮定できる他の例も見てみよう。

・間もなく**パリパリ**呼子が鳴り汽缶車は一つポーとほえて、汽車は一目散に飛び出しました。
(氷河鼠の毛皮)

「パリパリ」は慣習的オノマトペであるが、右の例文のようなコンテクストで用いられることはない。すなわち、「パリパリ」は呼子が鳴る音を描写するのには用いられないということである。右の例文のコンテクストでは、通常、慣習的オノマトペ「ピリピリ」が用いられる。したがって、その使用法において非慣習的である「パリパリ」は、「ピリピリ」から、「ピ」を「パ」に、すなわち母音「い」を「あ」に変える法則によって派生したと仮定できる。

【「い」を「あ」に変える法則】

慣習的オノマトペ	**「ピ」リ「ピ」リ**
	↓　　↓
賢治のオノマトペ	**「パ」リ「パ」リ**

呼子は今の若い世代にはあまり聞き慣れないことばかもしれないが、駅員が発車の際に吹くホイッスルのことである。皆さんも聞いたことがあると思うが、ホイッスルの音は甲高い音で「ピリピリ…」と短いサイクルで音調が変化する性質を持つ。人の注意を喚起するために吹かれるものなので、どちらかというと耳障りな音である。ここで賢治が「ピリピリ」ではなく「パリパリ」を使ったのは、耳をつんざくような不快な音をイメージさせたかったものと推測できる。

⑩「い」を「う」に変えると…

「い」を他の母音に変える法則には、**【「い」を「う」に変える法則】**というのもある。その使用例を見てみよう。

・「皆さんお早う。どなたも元気ですね。」と云いながら笛を口にあてて**ピルル**と吹きました。（風野又三郎）

・先生はちらっと運動場中を見まわしてから「ではならんで。」と云いながら**プルルッ**と笛を吹きました。（風の又三郎）

右の例文に用いられている「ピルル」および「プルルッ」は、いずれも非慣習的なオノマトペであり、それぞれ「ピリリ」と「ピリリッ」に対応していると考えられる。したがって、これらの非慣習的オノマトペは、それぞれ「ピリリ」と「ピリリッ」から、「リ」を「ル」に、「ピ」を「プ」に、つまり母音「い」を「う」に変える法則によって派生したと仮定できる。

【「い」を「う」に変える法則】

慣習的オノマトペ	**ピ「リ」「リ」**
	↓　↓
賢治のオノマトペ	**ピ「ル」「ル」**

慣習的オノマトペ	「ピ」「リ」「リ」ッ	
	↑　↑　↑	
賢治のオノマトペ	「プ」「ル」「ル」ッ	

【「い」を「う」に変える法則】

「ピリリ」「ピリリッ」と「ピルル」「プルルッ」のニュアンスの違いは、「ピリリ」「ピリリッ」よりも「ピルル」「プルルッ」のほうがやや鈍くより丸い音を表していると思われる。英語の母音[ɯ]と比べると、日本語の「う」は英語の[ɯ]ほど唇を丸めないで発音すると指摘されているが、少なくとも日本語の「い」と比較すると、「う」を発音するとき、やや口をすぼめて小さく丸をつくって発音すると思う。この唇の形に音のイメージが対応しているのも大変興味深い。

⑾「お」を「あ」に変えると…

母音の「う」、「あ」、「い」を別の母音に変える法則を見てきたが、次は「お」を別の母音に変える法則による賢治のオノマトペにはどのようなものがあるだろうか。

・全く峯にはまっ黒の**ガツガツ**した巌が冷たい霧を吹いて…（マグノリアの木）

「ガツガツ」は慣習的オノマトペであるが、その使われ方は、「ガツガツ食べる」のような表現に限られていて、「ガツガツした巌」のような使われ方は慣習的ではなく、意味的に逸脱した使われ方である。慣習的な表現としては「ゴツゴツした巌」が考えられる。

したがって、賢治はおそらくこの慣習的オノマトペを念頭に置いて、「ゴ」を「ガ」に、つまり【「お」を「あ」に変える法則】によって「ガツガツした巌」という表現を創作したと思われる。「ガツガツ」からは、「ゴツゴツ」よりも岩が鋭く角張っているイメージが得られるのではないだろうか。

【「お」を「あ」に変える法則】

慣習的オノマトペ	**「ゴ」ツ「ゴ」ツ**
	↓　↓
賢治のオノマトペ	**「ガ」ツ「ガ」ツ**

次の「にかにか笑う」や「にがにが笑う」といった表現も【「お」を「あ」に変える法則】が関わっていると仮定できるが、一体どのような笑い方を描写しようとしているのか考えてみよう。

・それでもやっぱりキッコは**にかにか**笑って書いていました。（みじかい木ペン）

・…阿部時夫などが、今日はまるでいきいきした顔になって**にかにかにかにか**笑っていま
す。（イーハートーボ農学校の春）

・キッコはもう大悦びでそれを**にがにが**ならべて見ていましたがふと算術帳と理科帳と取りち
がえて書いたのに気がつきました。（みじかい木ペン）

・キッコはもう**にがにがにがにが**わらって戻って来ました。（みじかい木ペン）

「にかにか」「にかにかにかにか」「にがにが」「にがにがにがにが」は、共通語では慣習的オノマトペでないことは明らかである。これらはいずれも慣習的な「にこにこ」に相当する表現である。したがって、このような非慣習的オノマトペは、基本的にはいずれも慣習的オノマトペから、「こ」を「か」、すなわち【「お」を「あ」に変える法則】によって派生したと考えられる。

慣習的オノマトペ	**に「こ」に「こ」**
	↓　　↓
賢治のオノマトペ	**に「か」に「か」**
	に「が」に「が」

【「お」を「あ」に変える法則】

『日本語オノマトペ辞典』は、賢治の「主人はだまってしばらくけむりを吐いてから顔の少しでにかにか笑ふのをそっとかくして云ったもんだ（なめとこ山の熊）」という例だけを挙げて、辞書項目に含め「にかにか」は「思惑ありげに笑う様」を描写すると述べている。しかし、右の例文からは、そのようなニュアンスは得られず、何かいいことがあってそのうれしさを前面に表そうとした笑い方を描写すると思われる。特に「にかにかにかにか」からは、このようなニュアンスが読み取られ、2モーラ反復形の「にかにか」をさらに繰り返すことによって、「うれしさ」や「明るさ」が強調されているように感じられる。なお、「にかにか」に対応する「にがにが」は、先に述べた【音を濁らせる法則】（②の法則を参照）により有声化（「か」が「が」に変化）されているため、「にかにか」よりもネガティブなニュアンスを与えているようである。

ところで、「にかにか」「にがにが」は『聴耳草紙』という岩手県の民話集に見られ、「にかにか」という項目が秋田県教育委員会編の『秋田のことば』に記載されていることから、東北方言のオノマトペという指摘があり、「にかにか」は、「にやにや」のようなマイナスのイメージではなく、「にこにこ」に相当する、プラスのイメージの笑い方を描写すると捉えた方がよいと述べられている。

次の例が示すように、賢治は、方言である「にかにか」と共に、共通語である「にこにこ」も彼の作品に用いているが、両者を意識的に区別していたかどうか定かではない。

・そして虔十はまるでこらえ切れないように**にこにこ**笑って兄さんに教えられたように今度は北の方の堺から杉苗の穴を掘りはじめました。（虔十公園林）

・王様は白い長い髯の生えた老人で**にこにこ**わらって云いました。（双子の星）

・ペンクラアネイ先生も／**にこにこ**笑って斯《こ》う云った。（三人兄弟の医者と北守将軍［韻文形］）

・おっかさんが**にこにこ**して、おいしい白い草の根や青いばらの実を持って来て云いました。（貝の火）

・とのさまがえるは、よろこんで、**にこにこにこにこ**笑って、棒を取り直し、片っぱしからあまがえるの緑色の頭をポンポンポンポンたたきつけました。（カイロ団長）

⑫「お」を「え」に変えると…

では、**【「お」を「え」に変える法則】**により賢治はどのようなオノマトペを使っているだろうか。

・「いや、ありがとう、ウーイ、**ケホン、ケホン**、ウーイうまいね。どうも。」（カイロ団長）

右の例文に使われている「ケホン」は明らかに非慣習的オノマトペであり、それに対応すると考えられる慣習的オノマトペは「コホン」である。したがって、「ケホン」は「コホン」から、「コ」

を「ケ」、つまり【「お」を「え」に変える法則】によって派生したと考えられる。

慣習的オノマトペ　「コ」ホン
賢治のオノマトペ　「ケ」ホン ←

【「お」を「え」に変える法則】

「ケホン」と「コホン」のニュアンスの違いであるが、前に見たように、「え」は「げーげー」「けらけら」のように、不適切さや下品さを表すことから、「コホン」は少し気取った咳払いであるのに対し「ケホン」は下品な咳払いをイメージさせる。さらに、「ケホン」と言っているのは蛙であることが関係しているのかもしれない。つまり、蛙は「ケロケロ」鳴くことから、もし蛙が咳払いをしたとしたら、「コホン」ではなく「ケホン」と言うのではないかと、賢治は想像したと考えられないだろうか。賢治のユニークさが感じられる表現である。

⑬ **「え」を「あ」に変えると…**

最後に、「え」を別の母音に変える法則であるが、この法則にはあまりバリエーションはないようである。

・ごくとしよりの馬などは、わざわざ蹄鉄をはずされて、ぼろぼろなみだをこぼしながら、その大きな判を**ぱたっ**と証書に押したのだ。（フランドン農学校の豚）

多くの読者は右の文の「ぱたっ」の使い方に違和感を覚えると思われる。では、私たちは普段「ぱたっ」をどのように使っているのだろう。「立て看板がぱたっと倒れた」や「ノートがぱたっと床に落ちた」のように、比較的軽くて平たいものが急に落ちたりぶつかったりする音ないしその様を表すのに「ぱたっ」を使っていると思う。

では、右のような文では、どのようなオノマトペが考えられるだろうか。この文脈には「ぺたっ」が一番しっくりくると思われるが、ひょっとしたら「ぴたっ」を選んだ読者もいるかもしれない。「ぺたっ」「ぴたっ」「ぱたっ」の三つのオノマトペは、語頭音（「ぺ」「ぴ」「ぱ」）が異なっているだけで形態がよく似ている。「ぺたっ」は典型的に印判を押す様を表したり、平らに全面的に密着した様を表したりするのに用いられる。一方、「ぴたっ」は「蓋をぴたっと閉める」のように、ものが隙間なく完全にくっつく様を表すのに用いられる。

私たちの感覚からすれば、右の文のコンテクストでは「ぺたっ」ないし「ぴたっ」が「ぱたっ」よりも相応しいと考えられるにも拘わらず、賢治ともあろうオノマトペの達人が「ぺたっ」や「ぴたっ」の存在を知りながら、なぜあえて「ぱたっ」を選んだのだろう。

実際、賢治は「ぴたっ」の異形態の「ぴたり」を同じ作品の同様のコンテクストにおいて次のように使っている。「豚は口をびくびく横に曲げ、短い前の右肢を、きくっと挙げてそれからピタリと印をおす。（フランドン農学校の豚）」。

ここで、【「あ」を「え」に変える法則】（⑦の法則）で検討した「ペチン」と「パチン」の議論を思い出して欲しい。頭が裂ける様を描写するのに、賢治が「パチン」ではなくて「ペチン」を選んだのは、「ねずみむすめの頭」のような小さいものには母音「え」を含む「ペチン」の方が母音「あ」を含む「パチン」よりも相応しいと考えたからである。このことから、一般に「あ」が大きい音やものに対して使われることがわかるだろう。右の文でも同様のことが言え、「大きな判」（ここでは、馬の蹄を表しており、確かに馬の蹄は丸くて大きい。）ということを適切に表現したいがために、「全体」という概念を象徴的に表す母音「あ」を含む「ぱたっ」を賢治が選んだと解釈できるだろう。

賢治独特の「ぱたっ」が慣習的な「ぺたっ（ぴたっ）」から創作されたと仮定すれば、「ぺ（ぴ）」を「ぱ」に変える、すなわち母音「え（い）」を「あ」に変える法則が関わっているということになる。

慣習的オノマトペ	**「ぺ（ぴ）」たっ**
	←
賢治のオノマトペ	**「ぱ」たっ**

【「え（い）」を「あ」に変える法則】

以上、慣習的オノマトペを構成している母音を別の母音に変化させた賢治特有の非慣習的創作オノマトペを多数見てきたが、面白いのは変化した後の母音の音象徴的な意味によりニュアンスが微妙に変わるということである。

まとめとして、各母音の音象徴的な意味を見ておこう。

> **「あ」**…全体や外への拡がりといった意味を表す。
> **「い」**…線ないし一直線に伸びたものや甲高い音を表す。
> **「う」**…丸いものを表す。
> **「え」**…不適切さや下品さを表す。
> **「お」**…部分や内包といった意味を表す。

これらの母音の音象徴的な意味を理解していれば、皆さんも賢治のようなオノマトペの達人になれるかもしれない。

1・3 全く別の音に変えてみると？

1・1、1・2では、慣習的オノマトペを構成している子音や母音を別の子音や別の母音に変化させて創作されたと考えられる賢治独特の非慣習的オノマトペについて見てきたが、以下では慣習的オノマトペを構成しているモーラを全く別のモーラに変えることによって創作されたと考えられる賢治独特のオノマトペについて検討してみよう。

①「ぴ」（「び」）を「ど」に変えると…

賢治の作品に「背中を棒でどしゃっとやる」という表現が見られるが、一体棒で背中をどのように打つのだろうか。まずは、例文をご覧いただこう。

・最も想像に困難なのは、豚が自分の平らなせなかを、棒で**どしゃっ**とやられたとき何と感ずるかということだ。（フランドン農学校の豚）

「どしゃっ」は定着した慣習的オノマトペではない。右の例文のコンテクストでこの非慣習的オノマトペに対応すると考えられる慣習的オノマトペはおそらく「ぴしゃっ」ないし「びしゃっ」であろう。したがって、このユニークな「どしゃっ」は、慣習的な「ぴしゃっ」や「びしゃっ」から「ぴ」ないし「び」を「ど」に変える法則によって派生したと仮定できる。

【「ぴ（び）」を「ど」に変える法則】

慣習的オノマトペ	**「ぴ（び）」しゃっ**
	↓
賢治のオノマトペ	**「ど」しゃっ**

非慣習的な「どしゃっ」と慣習的な「ぴしゃっ」や「びしゃっ」を比べてみると、「ぴしゃっ」「びしゃっ」は、鋭い比較的澄んだ音を表し、棒が豚の背中に当ったとき、表面的に接触して接触時間も短く感じられる。一方、「どしゃっ」は、「ぴしゃっ」「びしゃっ」よりも鈍い音を表し、棒が豚の背中に当ったとき、接触時間が長くより強い痛みを感じるようななぐり方をイメージさせる。「ど」は「どどーっと水が流れる」や「どかっと座る」などのように凄まじさを表す音象徴的な意味があることからもイメージできるのではないだろうか。

② 「きゅ」を「き」に変えると…

賢治の作品に「靴がきっきっと鳴る」という表現が見られるが、このオノマトペは賢治独特の非慣習的なオノマトペと思われる。

・仕立おろしの紺の背広を着、赤革の靴も**キッキッ**と鳴ったのです。（土神ときつね）

「キッキッ」は慣習的オノマトペであるが、通常、サルの鳴き声を描写する以外には用いられない。右の文のコンテクストにおける「キッキッ」の使用は、明らかに賢治独特の使い方で慣習的ではない。読者の皆さんは右の文ではどのようなオノマトペを用いるだろうか。大抵の読者は「キュッキュッ」という慣習的オノマトペを用いることだろう。そうであるなら、非慣習的な「キッキッ」は、「キュッキュッ」から【「キュ」を「キ」に変える法則】によって派生したと仮定される。「キッキッ」はサルの鳴き声を描写するように、「キュッキュッ」よりも甲高い音を表している。

慣習的オノマトペ	**「キュ」ッ「キュ」ッ**
	↓　　↓
賢治のオノマトペ	**「キ」ッ「キ」ッ**

【「きゅ」を「き」に変える法則】

2. 音の挿入が生み出す微妙なニュアンス

賢治の作品には慣習的オノマトペに音を挿入して創作したと考えられる賢治独特の非慣習的オノマトペが見られる。以下では、このような賢治独特の創作オノマトペについて見ていこう。音を挿入することによって、どのようなニュアンスの違いが生まれるだろうか。

法則2……慣習的オノマトペに音を挿入する。

2・1 「っ」(促音)を入れてみるとどう変わる?

まず、慣習的オノマトペに「っ」(促音)を挿入して派生したと考えられる賢治独特の創作オノマトペの例を見てみよう。

・いいか、もし、来なかったらすぐお前らを巡査に渡すぞ。巡査は首を**シュッポン**と切るぞ。(カイロ団長)

・赤い封緘蠟《ろう》細工のほおの木の芽が、風に吹かれて**ピッカリピッカリ**と光り、…(雪渡り)

右の各文の第1モーラの後に「っ」（促音）を持つ「シュッポン」「ピッカリピッカリ」は、いずれも定着した慣習的オノマトペではなく賢治独特の創作オノマトペと思われる。これらの非慣習的オノマトペは、それぞれ「スポン」「ピカリピカリ」という慣習的オノマトペに対応していると推測される。したがって、これらの賢治独特の非慣習的オノマトペは、「っ」（促音）を含んでいない慣習的オノマトペから、それぞれ適切な位置に「っ」（促音）を挿入して派生したと仮定できる。なお、「シュッポン」は、慣習的な「スポン」から「っ」（促音）挿入に加えて、「ス」を「シュ」に変える法則によって派生したと考えられる。

【「っ」挿入の法則】

慣習的オノマトペ　ス　ポン　ピ　カリピ　カリ
↓　↓　↓　↓
賢治のオノマトペ　シュ㋡ポン　ピ㋡カリピ㋡カリ

※「っ」の効果：スピード感、断続性

日本語オノマトペには、「ぷつん」「ぷっつん」という慣習的オノマトが存在するので、右の例に見られる「っ」（促音）挿入は、この「ぷつん」と「ぷっつん」の例に準じて行われたと考えられる。

では、「っ」（促音）を持つ賢治の非慣習的オノマトペにはどのようなニュアンスがあるのだろうか、一緒に考えてみよう。まず、「シュッポン」は慣習的な「スポン」よりも動作にスピード感が感じられる。また、「ピッカリピッカリ」からは、ほおの木の芽が継続して光っているのではなく、風が吹く度に断続的に光る様子が「ピカリピカリ」よりも強くイメージされる。

「っ」（促音）挿入はさらに、右の例とは違った形であるが、次のような文にも見られる。

・おしまいの二つぶばかりのダイアモンドがそのみがかれた土耳古玉《とるこだま》のそらから**きらきらっ**と光って落ちました。（十力の金剛石）

・本線シグナル附きの電信ばしらは、**がたがたっ**とふるえてそれからじっと固くなって答えました。（シグナルとシグナレス）

・ブン蛙とベン蛙がくるりと外の方を向いて逃げようとしましたが、カン蛙がピタリと両方共とりついてしまいましたので二足のふんばった足が**ぷるぷるっ**とけいれんし、…（蛙のゴム靴）

右の各文のオノマトペは、どのようなオノマトペから派生して創られたのか考えてみよう。まず一つ目の考え方は、「きらきらっ」を例にとると、「きらきら」という反復形のオノマトペ（「きら」を二つ重ねている）の語末に「っ」を付加して創られたとみることができる。このような語末に「っ」を伴った反復形のオノマトペは、慣習的なオノマトペである「きらきら」を強調する意味合いを持つと同時に不規則な動作を表し、賢治の作品に右の例以外にも多数見られる。

【「っ」挿入の法則】

慣習的オノマトペ	**きらきら**
賢治のオノマトペ	**きらきら（っ）** ←
※「っ」の効果：強調・不規則な動作	

もう一つの考え方は、「きらっ」というオノマトペから、最初の「きら」（語基）が繰り返されて派生したとみることができる。

慣習的オノマトペ	**きらっ**
賢治のオノマトペ	**「きら」** ←　**きらっ**

反復

では、次の例文に見られるオノマトペはどのように理解すればいいのだろうか。同じ反復形のオノマトペでありながら、右の例文のオノマトペとは異なった位置に「っ」（促音）が挿入されている。

・僕は…丘を通るときは草も花も**め(っ)ちゃめちゃ**にたたきつけたんだ、…（風の又三郎）

・それからおなか中を**め(っ)ちゃめ(っ)ちゃ**にこわしてしまうんだよ。（いちょうの実）

右の文の「っ」（促音）を含むオノマトペは、いずれも反復形の慣習的なオノマトペである「めちゃめちゃ」から派生したと考えられる。「めっちゃめちゃ」は最初の「め」の後に、「めっちゃめっちゃ」は最初と3音目の「め」の後に「っ」（促音）が挿入されている。この二つのオノマトペは、いずれも慣習的オノマトペ「めちゃめちゃ」の異形態であるが、「めっちゃめちゃ」と「めっちゃめっちゃ」は、それぞれ「めちゃめちゃ」という反復形オノマトペの「強調形」、および「超強調形」と呼ぶべきものと見なせる。

では、なぜ「きらきら」と「めちゃめちゃ」では「っ」（促音）の挿入される場所が異なるのだろう。例文をよく見比べてみて欲しい。

・おしまいの二つぶばかりのダイアモンドがそのみがかれた土耳《とる》古玉《こだま》のそらから**きらきらっ**と光って落ちました。（十力の金剛石）

・僕は…丘を通るときは草も花も**めっちゃめちゃ**にたたきつけたんだ、…（風の又三郎）

「きらきらっ」や「めっちゃめちゃ」のオノマトペの次の助詞に注目すると、「きらきらっ」の後には「と」が、「めっちゃめちゃ」の後には「に」が来ているのがわかるだろう。そう！お気づきの読者もいるかもしれないが、「きらきら」も「めちゃめちゃ」も共に動詞を修飾する副詞であるが、「きらきら」は動作の様態を描写する「様態副詞」なのに対し、「めちゃめちゃ」は動作によって引き起こされた結果の状態を描写する「結果副詞」なのである。（様態副詞、結果副詞の説明については、第2章を参照）

このように、様態副詞と結果副詞との違いにより、**【「っ」挿入の法則】**を用いるにしても、「っ」の挿入位置が異なるのである。なお、この「っ」挿入は比較的一般的に見られる現象なので、**【「っ」挿入の法則】**は賢治独特の法則ではないと考えられる。

以上、「っ」（促音）を挿入する法則により創られたオノマトペを見てきたが、「っ」（促音）を挿入することにより、動作にスピード感を与えたり（「シュッポンと切る」の例）、断続性を持たせたり（「ピッカリピッカリと光る」の例）、強調・不規則な動作を表したり（「きらきらっと光る」の例）する効果があるのがおわかりいただけたと思う。

2・2 「ん」（撥音）を入れてみるとどう変わる？

賢治独特と思われる非慣習的オノマトペには、慣習的オノマトペから、「ん」（撥音）が挿入されて派生したと仮定できるものがある。

・と思うと狐は…**ぐんにゃり**と土神の手の上に首を垂れていたのです。（土神ときつね）

・青じろ番兵は**ふんにゃふにゃ**吠えるもさないばいでもさない痩せで長くてぶぢぶぢでどごが口だがあだまだがひでりあがりのなめぐぢら。（鹿踊りのはじまり）

右の文に見られる「ぐんにゃり」と「ふんにゃふにゃ」は、定着した慣習的オノマトペではない。現代日本語では、「ぐんにゃり」と「ふんにゃふにゃ」に対応する慣習的オノマトペはそれぞれ「ぐにゃり」と「ふにゃふにゃ」である。したがって、「ぐんにゃり」と「ふんにゃふにゃ」はそれぞれ「ぐにゃり」と「ふにゃふにゃ」から第1モーラの後に「ん」（撥音）が挿入されて派生したと考えられる。

【「ん」挿入の法則】

慣習的オノマトペ	**ぐ　にゃり／ふ　にゃふにゃ**	
	↓　　　　↓	
賢治のオノマトペ	**ぐ(ん)にゃり／ふ(ん)にゃふにゃ**	

非慣習的な「ぐんにゃり」は、「ん」（撥音）が挿入されることによって、慣習的な「ぐにゃり」よりも、「柔らかで簡単に折れ曲がってしまう様」をより強く表す、いわば「ぐにゃり」の強調形

のように感じられる。「ふんにゃふにゃ」も同様に、「ふにゃふにゃ」が表す意味を強調しているように感じられる。

2・3　母音を入れてみるとどう変わる?

賢治の作品の中には、慣習的オノマトペに母音を挿入したり、母音を長音化したりして派生したと思われる非慣習的オノマトペが見られる。

・「からすかんざえもんはくろいあたまを**くうらりくらり**、とんびとうざえもんはあぶら一升で**とうろりとろり**、…（かしわばやしの夜）

・「**かあお**、ずいぶんお待ちしたわ。いっこうすかれなくてよ。」（鳥の北斗七星）

・…スルスル光のいとをはき、**きぃらりきぃらり**巣をかける。（蜘蛛となめくじと狸）

右の各文のオノマトペは、明らかにいずれも定着した慣習的オノマトペと見なされない。「くうらりくらり」や「とうろりとろり」は、それぞれ「くらりくらり」「とろりとろり」と対応していると考えられる。「かあお」は烏の鳴き声を描写しているが、慣習的オノマトペは「かあ」である。「きぃらりきぃらり」も、「きらりきらり」と対応していると考えられる。

このように、「くうらりくらり」と「とうろりとろり」は、それぞれ「くらりくらり」と「とろりとろり」から、第1モーラに含まれている母音「う」を長音化して、「かあお」は「かあ」に「お」を付加して、そして「きぃらりきぃらり」は「きらりきらり」から「き」に含まれている母音「い」を長音化して派生したと仮定できる。

【「う」の長音化の法則】

慣習的オノマトペ	くらりくらり	とろりとろり
賢治のオノマトペ	くうらりくらり	とうろりとろり

【「お」挿入の法則】

慣習的オノマトペ	かあ
賢治のオノマトペ	かあお

【「い」の長音化の法則】

慣習的オノマトペ	きらりきらり
賢治のオノマトペ	きいらりきいらり

2・4　モーラを入れてみるとどう変わる？

賢治の作品の中に、慣習的オノマトペにモーラを挿入あるいは反復させて派生したと思われる非慣習的オノマトペが見られる。次の例を見てみよう。

・「はんの木のみどりみぢんの葉の向さ **ぢゃらんぢゃららん** のお日さん懸がる。」（鹿踊りのはじまり）

右の文の「ぢゃらんぢゃららん」は、明らかに日本語として定着していない、非慣習的オノマトペであり、慣習的な「ぢゃらんぢゃらん」から「ら」というモーラを末尾の「らん」の前に挿入・反復して派生したと思われる。

慣習的オノマトペ	**ぢゃらんぢゃ　らん**
	←
賢治のオノマトペ	**ぢゃらんぢゃ㋶らん**

【モーラ（「ら」）挿入の法則】

右の文は「ら」が挿入されたと考えられる例であるが、次の文は「り」が挿入されたと考えられる例である。

・…恭一はからだが **びりりっ** としてあぶなくうしろへ倒れそうになりました。（月夜のでんしんばしら）

右の文の「びりりっ」は日本語の慣習的オノマトペではなく、慣習的な「びりっ」から「り」を挿入・反復して派生したと考えられる。

【モーラ（「り」）挿入の法則】

慣習的オノマトペ	**びり　っ**
	↓
賢治のオノマトペ	**びり㋷っ**

さらに、「る」が挿入されたと考えられる例もある。

・するとテねずみは **ぶるるっ** とふるえて、目を閉じて、小さく小さくちぢまりましたが、…（クンねずみ）

・大鳥は…一寸眼をパチパチ云わせてそれから**ブルルッ**と頭をふって水を払いました。（双子の星）

・すると不意に、空で**ブルルッ**とはねの音がして、二疋の小鳥が降りて参りました。（貝の火）

右の文の非慣習的な「ぶるるっ／ブルルッ」は、先の文の非慣習的な「びりりっ」と同じ形態をしている。この非慣習的オノマトペも、2モーラに「っ」（促音）を伴った形態の慣習的オノマトペ「ぶるっ／ブルッ」から、第2モーラの「る」をその後に挿入・反復して派生したと仮定できる。

慣習的オノマトペ	**ぶる　っ**	**ブル　ッ**
	↓	↓
賢治のオノマトペ	**ぶる(る)っ**	**ブル(ル)ッ**

【モーラ（「る」）挿入の法則】

例文の「びりりっ」や「ぶるるっ」がそれぞれ「びりっ」「ぶるっ」から「り」と「る」というモーラの挿入・反復を通して派生したと考えられると述べたが、このような派生過程は「びりっ」「ぶるっ」といった特定のオノマトペだけに見られるものではなく、「くるっ」「くるるっ」や「ぴりっ」「ぴりりっ」など、2モーラに「っ」(促音)の付いた形態を持つオノマトペに比較的一般的に見られる現象である。このようなモーラの挿入・反復によって、オノマトペによって描写される音や動作が短く不規則な終わり方をしていることがうかがわれる。

3. 音の入れ換えが生み出す微妙なニュアンス

賢治の作品には、基本的に慣習的オノマトペを構成している音の位置を入れ換えて創作したと考えられる賢治独特の非慣習的オノマトペが見られる。音の位置の入れ換えによりどのようなニュアンスの違いが生じるのだろうか。

法則3……**慣習的オノマトペを構成している音の位置を入れ換える。**

まずは、わかりやすい例をご覧いただこう。

●「そっこり咲く」って?

「ぎんがぎがのすすぎの底で**そっこり**と咲ぐうめばぢの愛どしおえどし。」(鹿踊りのはじまり)

「そっこり」は日本語には存在しない非慣習的オノマトペであるが、読者の皆さんはすでにこれとよく似た形態の慣習的オノマトペがあることに気づかれたことだろう。そう、ほとんど全ての読者は「こっそり」という慣習的オノマトペを思いついたに違いない。右の文のコンテクストから、「そっこり」は「こっそり」とほぼ同じ意味を表すと思われる。「そっこり」と「こっそり」の違いは「そ」と「こ」の位置が入れ換わっているだけである。したがって、非慣習的な「そっこり」は、慣習的な「こっそり」に含まれている「こ」と「そ」の位置を入れ換える「音位転換」と呼ばれる法則を適用して創作されたと考えられる。

【音位転換の法則】

慣習的オノマトペ　**こっそり**

賢治のオノマトペ　**そっこり**

●「ぼしょぼしょする雨」って?

・せきはとめたし落し口は切ったし田のなかへはまだ入られないしどうすることもできずだまってあの**ぼしょぼしょ**したりまたおどすように強くなったりする雨の音を聞いていなければならないのだ。(或る農学生の日誌)

「ぼしょぼしょ」というオノマトペは日本語には存在しないが、「しょぼしょぼ」というオノマトペはある。「しょぼしょぼ」は小雨が陰気に降り続く様を表し、右の文のコンテクストにピッタリ当てはまるので、非慣習的な「ぼしょぼしょ」が慣習的な「しょぼしょぼ」から「ぼ」と「しょ」の位置を入れ換える法則によって創作されたと思われる。

慣習的オノマトペ	**しょ㋭しょぼ**
賢治のオノマトペ	**㋭しょぼしょ**

【音位転換の法則】

● 「こぼこぼ噴きだす冷たい水」って？

・三人は汗をふいてしゃがんでまっ白な岩から**こぼこぼ**噴きだす冷たい水を何べんも掬ってのみました。（風の又三郎）

「こぼこぼ」も慣習的オノマトペではないが、音声的にも意味的にも類似した「ごぼごぼ」と「ぼこぼこ」という二つの慣習的オノマトペが存在する。「こぼこぼ」が「ごぼごぼ」を基に創られたと考えれば、法則1・1の①で見た【音をクリアにする法則】により、「ごぼごぼ」の語基（「ごぼ」）の「ご」を「こ」に変えることによって創られたと推測できる。

【音をクリアにする法則】

慣習的オノマトペ	**「ご」ぼ「ご」ぼ**
	↓　↓
賢治のオノマトペ	**「こ」ぼ「こ」ぼ**

他方、「こぼこぼ」が「ぼこぼこ」に基づいて創られたと仮定すれば、「ぼこ」を「こぼ」のように、「ぼ」と「こ」の位置を入れ換える法則が関わっていることになる。

【音位転換の法則】

慣習的オノマトペ	**ぼこぼこ**
賢治のオノマトペ	**こぼこぼ**

賢治がいずれの慣習的オノマトペを念頭に置いていたかは定かでないが、このいずれかの法則を念頭に置いて「こぼこぼ」を用いたことは間違いないだろう。

●「馬がポカポカあるく」って？

・又、夕方、車が空いて、それから、馬が道をよく知って、ひとりで**ポカポカ**あるいているときも、甲太はほかの人たちのように、車の上へこしかけて、ほほづえをついてあくびをしたり、ねころんで空をながめて歌をうたったりしませんでした。(馬の頭巾)

『日本語オノマトペ辞典』の中の「ポカポカ」という項目の意味に、「馬の蹄の音」も含められているが、現代日本語においては、馬の蹄の音は「パカパカ」か「カポカポ」のいずれかで描写されるのが普通である。「パカパカ」は馬が走っているときの蹄の音を、「カポカポ」は馬が歩いているときの蹄の音を表す。右の文のコンテクストに適合するのは「カポカポ」なので、「ポカポカ」は「カポカポ」から音位転換を経て創られたと考えることができるのではないだろうか。

【音位転換の法則】

慣習的オノマトペ	**Ⓐ[ポ]カポ**
賢治のオノマトペ	**[ポ]Ⓐポカ**

● 「ぽっちょり黒く染める」って?

・「いいえ。鶴のはちゃんと注文で、自分の好みの注文で、しっぽのはじだけ**ぽっちょり**黒く染めて呉れと云うのです。そしてその通り染めました。」(林の底)

「ぽっちょり」は慣習的オノマトペではないが、明らかに「ちょっぴり」を念頭に置いて創作されたと考えられ、「ちょっぴり」とほとんど同じ意味で使われていると思われる。この賢治独特の「ぽっちょり」は慣習的な「ちょっぴり」から「ちょ」と「ぴ」の位置を入れ換えて「ぴっちょり」という中間的な形態を創り、「ぴ」を「ぽ」、厳密には母音「い」を「お」に変える法則によって創作されたと考えられるだろう。

慣習的オノマトペ	**ちょっ㋐り**（ちょっぴり）	**【音位転換の法則】**
(中間形態)	**ぴっちょり**	
賢治のオノマトペ	**← ぽっちょり**	**【「い」を「お」に変える法則】**

賢治独特の「ぽっちょり」と慣習的な「ちょっぴり」はほとんど同じ意味を表すと考えられるので、このような新しいオノマトペを創作することは、賢治にとっては単なることば遊びでしかなかったのかもしれない。

別の解釈として、「ぽっちょり」が「ぽちょっ」の変形と考えられないだろうか。つまり、「ぽちょっ」という定着した慣習的オノマトペは存在しないが、毛先を液体に浸すとき「ぽちょっと浸す」と言えそうで、右の文からは、尻尾の先を少しだけ墨に浸して染めるのが想像できる。

●「キシキシと泣く」って？

・病人は**キシキシ**と泣く。（楢ノ木大学士の野宿）

「キシキシ」はもちろん慣習的オノマトペではないが、読者の皆さんは、音声的にも意味的にも類似した慣習的オノマトペとして、「シクシク」を思い浮かべるのではないだろうか。しかしながら、「シクシク」の「シ」と「ク」の位置を入れ換えただけでは「クシクシ」という形態を派生するだけで、「キシキシ」にはならない。したがって、「キシキシ」を創るには、【音位転換の法則】に加え、【「う」を「い」に変える法則】により「ク」を「キ」に変えたと考えられるわけである。いずれにしても、賢治はおそらく「シクシク」という慣習的オノマトペを念頭に置いて独自の「キシキシ」というオノマトペを思いついたのではないかと思われる。

【音位転換の法則】

【「う」を「い」に変える法則】

慣習的オノマトペ	シクシク
（中間形態）	↓ クシクシ
賢治のオノマトペ	← キシキシ

以上、様々な【音位転換の法則】によるオノマトペの例を見てきたが、【音位転換の法則】により創作された賢治独特のオノマトペは微妙なニュアンスの違いはあるかもしれないが、基本的には対応する慣習的オノマトペとほとんど同じ意味を表すと考えられる。また音位転換だけでは語呂が良くなかったりリズムが良くなかったりするので、母音を変える法則も併用されていることがおわかりいただけたと思う。賢治は一つの法則だけでなく複数の法則を巧みに組み合わせることにより賢治独自のオノマトペを創作しているのである。これこそが、賢治をオノマトペの達人と言わしめる所以であろう。

4. 音の反復が生み出す微妙なニュアンス

最後に、慣習的オノマトペから非慣習的オノマトペが派生したと仮定できる法則として、反復を挙げることができる。

法則4……慣習的オノマトペの語基を反復させる。

日本語では、連続した音や動作、ないし繰り返しの音や動作を描写するのに、反復形が用いられるが、その形態は、繰り返される回数に関係なく、「ごろごろ」のように、語基が一度だけ繰り返された形態になるのが普通である。ところが、賢治は、「ごろごろごろ」や「ごろごろごろごろ」のように、語基を二度、三度と反復させた非慣習的オノマトペを作品の中で頻繁に用いている。

・水をたして、あとは**くつくつくつ**と煮るんだ。（水仙月の四日）
・蟹の子供らも**ぽつぽつぽつ**とつづけて五六粒泡を吐きました。（やまなし）

右の文のオノマトペは、「くつ」および「ぽつ」といった語基を二度繰り返して創られた非慣習的オノマトペである。そして次のオノマトペは、語基を二度繰り返して、さらに「っ」（促音）を付加した形態の臨時オノマトペである。

・蜘蛛は**キリキリキリッ**とはがみをして云いました。（蜘蛛となめくじと狸）

・ツェねずみはプイッと入って、**ピチャピチャピチャッ**と喰べて、…（「ツェねずみ」）

なお、「ごろごろ」のような語基が一度だけ繰り返された慣習的オノマトペ以外では、次の例文に見られるような語基が三度繰り返された形態が、賢治の作品の中に一番多く見られた。

・**がたがたがたがた**ふるえだして、もうものが言えませんでした。（注文の多い料理店）

・六疋ばかりの鹿が、さっきの芝原を、**ぐるぐるぐるぐる**環になって廻っているのでした。（鹿踊りのはじまり）

「がたがたがたがた」「ぐるぐるぐるぐる」は、それぞれの語基である「がた」「ぐる」が三度繰り返されて派生したように思われるが、実際はそうではなくて、「がたがた」「ぐるぐる」といった2モーラ反復形の慣習的オノマトペが反復した形態であると考えた方がよさそうである。

さらに、「キシキシキシキシキシッと高く高く叫びました（よだかの星）」のように、語基が四回繰り返されたものまである。

以上、オノマトペが反復されている例について見たが、オノマトペ以外に、賢治は様々な種類の語を反復した形で用いている。まず、次の例をご覧いただこう。

・鹿はそれからみんな、みじかく笛のように鳴いてはねあがり、**はげしくはげしく**まわりました。（鹿踊りのはじまり）

・シグナルは力を落して青白く立ち、そっとよこ眼でやさしいシグナレスの方を見ました。シグナレスはしくしく泣きながら、丁度やって来る二時の汽車を迎える為にしょんぼりと腕をさげ、そのいじらしい撫肩は**かすかにかすかに**ふるえて居りました。（シグナルとシグナレス）

・霧が**ふかくふかく**こめました。（シグナルとシグナレス）

・気がついて見るとああ二人とも一緒に夢を見ていたのでした。いつか霧がはれてそら一めんのほしが、青や橙や**せわしくせわしく**またたき、向うにはまっ黒な倉庫の屋根が笑いながら立って居りました。（シグナルとシグナレス）

・小十郎は谷に入って来る小さな支流を五つ越えて**何べんも何べんも**右から左左から右へ水をわたって溯って行った。（なめとこ山の熊）

・珠は一昨日の晩よりも**もっともっと**赤く**もっともっと**速く燃えているのです。（貝の火）

・そこらいっぱいこんなにひどく明るくて、ラジウムよりももっとはげしく、そしてやさしい光の波が**一生けん命一生けん命**ふるえているのに、いったいどんなものがきたなくてどん

なものがわるいのでしょうか。（イーハトーボ農学校の春）

右の例では、副詞的語句が繰り返し用いられているが、なぜ賢治はこのような語句を繰り返し使っているのだろうか。このような語句を反復させて用いるという手法は賢治の作品の中に頻繁に見られ、オノマトペに限らず、反復が賢治の文体的特徴の一つと言えるのかもしれない。語句を繰り返すという方法は、その語句を強調する最も直接的な手段であると考えられる。

さらに、次のような例もある。

・よだかは**のぼってのぼって**行きました。（よだかの星）
・二疋の蟻の子供らは、それを指さして、**笑って笑って笑います**。（朝に就ての童話的構図）
・かま猫のもがきようといったらありません。**泣いて泣いて泣きました**。（寓話　猫の事務所）
・さて、みんなは**ひろってひろってひろって**、夕方までにやっと一万つぶずつあつめて、カイロ団長のところへ帰って来ました。（カイロ団長）
・ああ**鳴っている、鳴っている、**そこらいちめん**鳴っている**太陽マジックの歌をごらんなさい。（イーハトーボ農学校の春）
・豚はそのあとで、何べんも、校長の今の苦笑やいかにも底意のある語を、**繰り返し繰り返しして**見て、身ぶるいしながらひとりごとした。（フランドン農学校の豚）

右の例では、動詞が一回ないし二回繰り返されており、同じ動作が何度も繰り返し行われていることを表している。

最後に、賢治がいかに反復を用いたかを示す典型的な極めつきの例を紹介しておこう。

・「そして、そら、光が**湧いている**でしょう。おお、**湧きあがる、湧きあがる、**花の盃をあふれて**ひろがり湧きあがりひろがりひろがり**もう青ぞらも光の波で一ぱいです。山脈の雪も光の中で機嫌よく空へ笑っています。**湧きます、湧きます。**ふう、**チュウリップの光の酒。**どうです。**チュウリップの光の酒。**ほめて下さい。」(チュウリップの幻術)

5. 賢治オノマトペの法則一覧

本章を締めくくるに際し、この章で述べたことをまとめておこう。本章では、賢治のオノマトペは独特でユニークであると言われるが、具体的にどこがどうユニークなのかをなるべくわかりやすく説明したつもりである。賢治独特と言われるオノマトペのほとんどが、慣習的オノマトペと関係しないで、つまり全くの無から創作されたわけではなく、慣習的オノマトペに基づいて様々な法則を適用することにより創作されていることを示した。基本的には、(1)音を変える、(2)音を挿入する、(3)音の位置を入れ換える、(4)音を繰り返すという四つの法則によって慣習的オノマトペから賢治独特の非慣習的オノマトペが創作されていると仮定できる。本章で言及した法則は以下のとおりである。

法則1　慣習的オノマトペを構成している音を別の音に変化させる。

1・1　慣習的オノマトペを構成している子音を別の子音に変える。

①音をクリアにする法則…「がぶっ」→「かぷっ」
②音を濁らせる法則…「かちっ」→「がちっ」
③「しゃ」を「ちゃ」に変える法則…「むしゃむしゃ」→「むちゃむちゃ」
④「にょ」を「の」に変える法則…「にょきにょき」→「のっきのっき」

1・2　慣習的オノマトペを構成している母音を別の母音に変える。

①「う」を「お」に変える法則…「むにゃむにゃ」→「もにゃもにゃ」
②「う」を「い」に変える法則…「プルプル」→「プリプリ」
③「う」を「え」に変える法則…「フン」→「ヘン」
④「あ」を「お」に変える法則…「ぱくぱく」→「ぽくぽく」
⑤「あ」を「い」に変える法則…「ぱたん」→「ぴたん」
⑥「あ」を「う」に変える法則…「くらくら」→「くるくる」
⑦「あ」を「え」に変える法則…「パチン」→「ペチン」

⑧「い」を「え」に変える法則…「ぴかぴか」→「ぺかぺか」
⑨「い」を「あ」に変える法則…「どきどき」→「どかどか」
⑩「い」を「う」に変える法則…「ピリリ」→「ピルル」
⑪「お」を「あ」に変える法則…「ゴツゴツ」→「ガツガツ」
⑫「お」を「え」に変える法則…「コホン」→「ケホン」
⑬「え」を「あ」に変える法則…「ぺたっ」→「ぱたっ」

1・3　慣習的オノマトペを構成しているモーラを別のモーラに変える。
①「ぴ」を「ど」に変える法則…「ぴしゃっ」→「どしゃっ」
②「きゅ」を「き」に変える法則…「キュッキュッ」→「キッキッ」

法則2　慣習的オノマトペに音を挿入する。

2・1　「っ」(促音)挿入の法則
「ピカリピカリ」→「ピッカリピッカリ」

2・2　「ん」(撥音)挿入の法則
「ぐにゃり」→「ぐんにゃり」

2・3　母音挿入の法則
「くらりくらり」→「くうらりくらり」

2・4　モーラ挿入の法則
「ぢゃらんぢゃらん」→「ぢゃらんぢゃららん」

法則3　慣習的オノマトペを構成している音の位置を入れ換える。
「こっそり」→「そっこり」

法則4　慣習的オノマトペの語基を反復させる。
「くつくつ」→「くつくつくつ」

本章では、賢治オノマトペの法則の解明を試みたが、賢治独特のオノマトペの多くが慣習的オノマトペから以上のいずれかの法則によって創作されたことがおわかりいただけたのではないだろうか。

第4章

森羅万象　賢治オノマトペの世界

前章では、私たちが普段使っている慣習的オノマペトから、オノマペトを構成している音を別の音に変化させたり、音を挿入したり、音を入れ換えたりといった様々な法則を駆使して創作したと仮定できる賢治独特のオノマトペについて検討した。賢治の作品には、このような賢治独特の非慣習的オノマトペに加え、慣習的オノマトペを私たちが日常的に使っている使い方とは異なる使い方で使用している例が多数見られる。本章では、主としてこのような賢治独特の使い方をしているオノマトペについて詳しく見ていくことにする。

これらを学術的に分類すると、

①通常使われない動詞と一緒になったもの
②通常一緒に用いられている動詞と正反対の意味の動詞と一緒に使われるもの
③通常使われない名詞（主体）と一緒になったもの
④通常使われない名詞（対象）と一緒になったもの
⑤通常使われない名詞および動詞と一緒になったもの

⑥比喩的に使ったもの
⑦動詞として使われるもの
⑧様態副詞のオノマトペを結果副詞的に使ったもの
⑨動詞が省略されたもの

に分類されるが、ここではあえてこのような学術的な分類で見ていくのではなく、「自然現象」「自然現象以外の現象」「動物の動作」「植物の動作」「人の動作」「身体部分」「心の動き」のテーマ別にどのようなユニークなオノマトペが使われているのか、賢治オノマトペの独創性を味わうことにしよう。

以下では、そのような独創性あるオノマトペを用いることによりどのような状況を描写しようとしたのか、賢治の意図を探るとともに、参考までに学術的な分類も示していくことにする。ただし、オノマトペによっては明確に分類できるものもあれば、見方・解釈次第でいくつかに分類できるものもある。したがって、提示している分類が必ずしも絶対的なものではないことに留意していただきたい。また、賢治がどのような意図をもって独特のオノマトペを用いたのか、筆者なりの解釈を述べているが、解釈には人それぞれあって然るべきなので、皆さんも自分ならどのように解釈するだろうかと想像しながら読み進めて欲しい。

《自然現象》

自然現象はさらに「気象に関連するもの」「空に関連するもの」「水に関連するもの」「山に関連するもの」「火に関連するもの」「その他」に分類できるだろう。

1. 気象に関連するもの

●雪はどのように降るのか?

私たちは通常、雪の降り方を表現するのにどのようなオノマトペを使うだろうか。雪が「しんしん」降る、「ひらひら」と雪が舞う、あるいは「♪雪やこんこ(ん)、あられやこんこ(ん)♪」という童謡があるので、語源的にオノマトペではないが、誤って「こんこん」を思い浮かべる読者もいるかもしれない。ところが、賢治は私たちが想像もつかないようなオノマトペを用いているのである。

雪が**ぷんぷん**と降る

・……雪が**ぷんぷん**と降る／雁のみちができて／そこがあかるいだけだ、……（三人兄弟の医者と北守将軍［韻文形］）

「ぷんぷん」はひどく腹を立てて不機嫌な様を表すのに用いられるが、賢治は「ぷんぷん」を雪の降る様を描写するのに用いており、通常、「雪がぷんぷんと降る」という表現は意味的に逸脱していると判断される。しかしながら、「ぷんぷん」の意味から推測すると、雪があたかもひどく腹を立て怒っているかのごとく激しく降る様を描写するために、「ぷんぷん」を比喩的に用いたと考えられるだろう。〈分類⑥：比喩的に使ったオノマトペ〉

山の雪が**つんつん**と白くかがやく

・顔をあげて見ますと入口がパッとあいて向うの山の雪が**つんつん**と白くかがやきお父さんがまっ黒に見えながら入って来たのでした。（ひかりの素足）

右の例文で使われている「つんつん」は擬態語として用いられているが、この例文に使われている「つんつん」の意味と最も関係がありそうな意味は、とがったものがいくつも突き出ている様や鋭くとがった様だろう。この意味から想像すると、右の例文では、山の雪に光が反射してその光が鋭く輝く様を描写するのに「つんつん」が用いられていると考えられる。〈分類⑤：通常使われない名詞および動詞と一緒になったオノマトペ〉

●霧はどのように降るのか？

そもそも霧は降るのだろうか。『大辞林』（第二版）の定義によると、霧は「地表や水面の近くで水蒸気が凝結して無数の微小な水滴となり、浮遊している現象」とあり、私たちの通常の感覚からすると、「霧が降る」という表現自体思いつかないと思われる。仮に「霧が降る」と表現したとして、そのときに使うオノマトペは「霧がしとしと降る」くらいだろうか。しかし、賢治は次のような独創的なオノマトペを用いているのである。

霧がポシャポシャ降る

・霧が**ポシャポシャ**降って、もう夜があけかかっています。（貝の火）

「ポシャポシャ」は定着したオノマトペではなく、賢治が創作したオノマトペと思われる。「ポシャポシャ」によく似た慣習的オノマトペ「ポチャポチャ」があるが、このオノマトペは水がものに当たって立てる明るい音を表す。右の例文で「ポチャポチャ」という慣習的オノマトペではなく

「ポシャポシャ」という創作オノマトペを用いているのは、主語が雨や露の雫ではなく霧であるためだろう。「ポチャポチャ」は私たちが感じ取ることができるかなりはっきりした音を表すが、「ポシャポシャ」は「ポチャポチャ」ほど明確な音ではなくもっと穏やかなしなやかな音を表すような印象を受ける。この創作オノマトペは霧が穏やかに降る様子を描写しようと試みた結果用いられたと考えられる。第3章で「チャ」を「シャ」に変える法則の例を挙げなかったが、「ポシャポシャ」は「ポチャポチャ」から「チャ」を「シャ」に変える法則に基づいて創作されたと仮定できる。

〈第3章の【別の子音に変える法則】によって創作されたオノマトペ〉

きりがこあめにかわり**ポッシャンポッシャン**降る

・きりはこあめにかわり、**ポッシャンポッシャン**降って来ました。（十力の金剛石）

「ポシャポシャ」は霧が穏やかに降る様子を描写していると考えられるが、「ポッシャンポッシャン」は「ッ」（促音）と「ン」（撥音）を伴うことによって、小雨が一粒一粒降り始めたばかりの状況を描写しているように感じる。「ポッシャンポッシャン」は「ポシャポシャ」から、「ポシャ」という2モーラの基本形に通常の撥音（「ン」）付加により「ポシャン」という形態が派生し、この形態に第3章で見た【「っ」挿入の法則】により「ポッシャン」が創られ、反復により「ポッシャン

ポッシャン」」が創作されたと考えられる。〈第3章の【「っ」挿入の法則】によって創作されたオノマトペ〉

●風はどのように吹くのか?

風はどのように吹くだろうか。激しい風の場合には、「風がびゅうびゅう（ぴゅうぴゅう、ひゅうひゅう）吹く」と表現し、穏やかな風の場合には、「風がそよそよ吹く」と表現するのではないだろうか。賢治の感じる風は私たちとは違うユニークなものである。

ごうごう風が吹く

・かま猫は、やっと足のはれが、ひいたので、よろこんで朝早く、**ごうごう**風の吹くなかを事務所へ来ました。（寓話　猫の事務所）

私たちは風が吹く音を描写するのに、先に述べたように、「びゅうびゅう（ぴゅうぴゅう、ひゅうひゅう）」や「そよそよ」のいずれかを用いており、「ごうごう」というオノマトペは使わないだろう。もっとも、『日本語オノマトペ辞典』には、「西風がごうごうと杉森にあたって物凄い音を立て始めた（或る女・有島武郎）」という例を挙げていることからすると、現代日本語では「ごうごう」は風の吹く音を描写するのに用いられないが、右の例における「ごうごう」の使い方は賢治独特というよりも明治時代や大正時代に一般的に用いられたのかもしれない。ちなみに、個人的な話であるが、筆者は昨年の三月初旬に賢治の生誕地の花巻を訪れ童話村あたりを歩いていたとき急に吹雪いてきてかなり強い向かい風を受けた。そのとき風の音は「びゅうびゅう」よりも「ごうごう」と聞こえるような気がした。〈古いオノマトペ〉

風が｛**どうと・どうっと・どうどう**｝鳴る

・青ぞらで風が**どう**と鳴り、日光は運動場いっぱいでした。（風野又三郎）
・そしたら俄に**どうっ**と風がやって来て傘はぱっと開きあぶなく吹き飛ばされそうになりました。（風野又三郎）
・「北風ぴいぴい風三郎、西風**どうどう**又三郎」と細いいい声がしました。（雪渡り）

「どう」「どうっ」「どうどう」はいずれも賢治が創作したと思われるオノマトペで、花巻育ちの賢治が幼い頃から寒い冬に吹く強い風を体験しており、このような風が吹いたり鳴ったりする音やその様子を描写するのにこれらのオノマトペを創作したと考えられる。〈賢治のオリジナルなオノマトペ〉

どっどどどどうど　どどうど　どどう

・**どっどどどどうど　どどうど　どどう、**／青いくるみも吹きとばせ／すっぱいかりんもふきとばせ／**どっどどどどうど　どどうど　どどう**（風の又三郎）

右の例は『風の又三郎』の冒頭に用いられている表現で、「どっどどどどうど　どどうど　どどう」は有名な賢治独特のオノマトペである。このユニークなオノマトペを含む右の例はおそらく風の又三郎が教室に入ってくるときに口ずさんだものだろう。胡桃や花梨などの果実を吹き飛ばすほどの激しい風を連想させる、実に臨場感溢れるオノマトペであると同時に、非常にリズミカルで一度聞いただけで耳に残る印象的なオノマトペである。〈賢治のオリジナルなオノマトペ〉

風がサラサラ吹く

・風が**サラサラ**吹き木の葉は光りました。（四又の百合）

「サラサラ」は「間もなく水はサラサラ鳴り、天井の波はいよいよ青い焔をあげ、やまなしは横になって木の枝にひっかかってとまり、その上には月光の虹がもかもか集まりました。（やまなし）」

に見られるように、通常、小川の水が軽い音を立てて流れる様子を描写するのに用いられ、風が穏やかに吹く様子を描写するのには用いられない。風が穏やかに吹く様子は「そよそよ」で描写されるのが普通である。賢治は小川の水が軽い音を立てて流れる様子と風が穏やかに吹く様子を共通した現象と捉えて、風が穏やかに吹く様子を描写するのにも「サラサラ」を使ったと思われる。「サラサラ」流れる水の音は心地よく、「サラサラ」吹く風も爽やかな心地よい風を連想させる。〈分類⑤：通常使われない名詞および動詞と一緒になったオノマトペ〉

ぐんなりした風

・けれどもとにかくおしまい小十郎がまっ赤な熊の胆をせなかの木のひつに入れて血で毛がぼとぼと房になった毛皮を谷であらってくるくるまるめせなかにしょって自分も**ぐんなり**した風で谷を下って行くことだけはたしかなのだ。（なめとこ山の熊）

『日本語オノマトペ辞典』には辞書項目として「ぐんなり」が挙げられているが、現代ではほとんど使われていないと思われる。「ぐんなり」の意味としては、辞書の通り、衰えて勢いのない様を表すようである。ここでは、狩猟を終えてぐったり疲れた小十郎の気持ちと関連付けて、風が衰えて勢いなく吹く様を表現したかったのであろう。〈古いオノマトペ〉

傘が**がりがり**風にこわされる

・耕一はよろよろしながらしっかり柄をつかまえていましたらとうとう傘は**がりがり**風にこわされて開いた蕈《きのこ》のような形になりました。（風野又三郎）

「がりがり」は、動物、特に人間がかたいものやでこぼこのあるものを手荒く削ったり、引っ掻いたりするときの音を表し、「がりがり削る」や「がりがり引っ掻く」という表現が一般的である。この例に見られる「傘ががりがり風にこわされる」という表現は非慣習的で賢治独自の使い方であると思われるが、傘が風に壊されるとき、「がりがり」という音がすると想像したのだろうか。あるいは、傘が「がりがり」引っ掻かれたかのように、引き裂かれた様を表現したかったのかもしれない。〈分類⑤：通常使われない名詞および動詞と一緒になったオノマトペ〉

2. 空に関連するもの

●空は果たして鳴るのか？

空は果たして鳴ったりするのだろうか。私たちは、「空は青く、すかっと澄み渡っている」のように、空の状態をオノマトペで表現することはあっても、空が動作の主体になるような表現はしない。次の二つの例は空をそれぞれ動作主化・擬人化した例であり、賢治の独特な世界が垣間見られる。

空が**ミインミイン**と鳴る

・それからしばらく空が**ミインミイン**と鳴りました。(種山ヶ原)

「ミインミイン」は「ミンミン」の母音を長音化したオノマトペで蟬の鳴き声を表すが、右の例では、ミンミンゼミが鳴くような耳をつんざく音が空全体に鳴り響いたという状況を表現しているのではないのだろうか。「空がミインミインと鳴る」という表現の意味は定かではないが、いずれにしても、このような使い方は非慣習的で比喩的である。〈分類⑥:比喩的に使ったオノマトペ〉

空さえ**わくわく**ゆれる

・眼を開いてもあたりがみんなぐらぐらして空さえ高くなったり低くなったり**わくわく**ゆれているよう、みんなの声も、ただぼんやりと水の中からでも聞くようです。(二十六夜)

「わくわく」は喜びや期待で胸が高鳴る様や興奮や不安で心が揺れて落ち着かない様を表し、通常、「わくわくする」という動詞として用いられる。この例では、「わくわく」は「ゆれる」という動詞と一緒に用いられており、しかも揺れる主体が人間でないことが一層違和感を与える賢治独特の表現にしている。この賢治独特の表現からは、空が激しく揺れているかのように見える光景が連想される。この場合、通常、人間の心理状態を描写する「わくわく」を人間以外の出来事を描写するのに用いており、この例は賢治のやや比喩的な使い方であると解釈できる。〈分類⑥：比喩的に使ったオノマトペ〉

●空に浮かんでいるものはどう表現するのか？

私たちは空に浮かんでいる星や月、太陽や雲をどのように表現するだろうか。「星がきらきら瞬く」「満月がぽっかり浮かんで見える」「太陽がぎらぎら照りつける」「雲が空にぷかぷか浮かんでいる」など、様々な表現があるだろう。では賢治はどのように表現しているのだろうか。

虹が**もかもか**集まる

・間もなく水はサラサラ鳴り、天井の波はいよいよ青い焔をあげ、やまなしは横になって木の枝にひっかかってとまり、その上には月光の虹が**もかもか**集まりました。（やまなし）

『日本語オノマトペ辞典』には、「もかもか」が語彙項目として挙げられているが、唯一の例文が賢治の右の例文であるので、このオノマトペは慣習的オノマトペではなく賢治独特の創作オノマトペと思われる。「もかもか」は辞典に記されているように、柔らかくおぼろげな様を表すようである。ここでは、虹がぼやーっとおぼろげにかかり始めた様子が目に浮かぶ。〈賢治のオリジナルなオノマトペ〉

ほうきぼしが**ガリガリ**光る

・見るとあの大きな青白い光りのほうきぼしはばらばらにわかれてしまって頭も尾も胴も別々にきちがいのような凄い声をあげ**ガリガリ**光ってまっ黒な海の中に落ちて行きます。（双子の星）

「ガリガリ」はかたいものを粗く嚙み砕く音やかたいものを手荒く削る音を表す擬音語としての使い方と、痩せている様を表したり、「がりがり勉強する」のように、自分だけの利益や欲求を追い求める様を表したりする擬態語としての使い方がある。しかしながら、右の例のように「ガリガリ光る」という使い方はなく、賢治独特の非慣習的な用法である。「ガリガリ光る」という表現の意味を想像するのは簡単ではなさそうであるが、「ガリガリ勉強する」が一番近いような気がする。すなわち、箒星が消滅する寸前に自分の存在を主張するかのように「鋭く光る」という意味を表しているのだろうか。

別の解釈として、箒星が「ガリガリ」削られたかのように、言い換えると、箒星があたかも引き裂かれたかのように、ばらばらになりながら光っている様子を表しているようにも感じられる。

〈分類⑤：通常使われない名詞および動詞と一緒になったオノマトペ〉

冷たい星が**ぴっかりぴっかり**顔をだす

・その雲のすきまからときどき冷たい星が**ぴっかりぴっかり**顔をだしました。（月夜のでんしんばしら）

「ぴっかりぴっかり」というオノマトペは「ぴっかり」が反復した形態であるが、「ぴっかり」自体慣習的オノマトペではない。「ぴか」という語基を持つ慣習的オノマトペは「ぴかぴか」「ぴかっ」「ぴかり」であり、「ぴっかり」という形態にギャップがある。賢治はこの「ぴっかり」を創作してこのギャップを埋めてそれを繰り返して「ぴっかりぴっかり」という賢治独特のオノマトペを用いたのである。この創作オノマトペを用いることによって星がずっと顔をだしているのではなくときどき断続的に光りながら顔をだすことを描写しようとしたことがうかがえる。すなわち、「ぴっかりぴっかり顔をだす」という表現は「光りながら」といった動詞表現が省略されて用いられて

いると仮定できる。〈ギャップを埋めるオノマトペ〉〈分類⑨：動詞が省略されたオノマトペ〉

月が**すきっ**とかかる

・削り取られた分の窓ガラスはつめたくて実によく透とおり向うでは山脈の雪が耿々《こうこう》とひかり、その右の鉄いろをしたつめたい空にはまるでたったいまみがきをかけたような青い月が**すきっ**とかかっていました。（氷河鼠の毛皮）

「すきっ」は気分に張りが出る様を表し、通常、「すきっとする」という動詞の形で用いられる。右の例のように、「青い月がすきっとかかる」という表現は賢治独特で、賢治は削り取られた窓ガラスから見ると、青い月が気分が晴れ晴れするくらい鮮やかにくっきりとかかっているという意味を表したくてこのような表現をしたのではないだろうか。〈分類⑤：通常使われない名詞および動詞と一緒になったオノマトペ〉

お月さまが**カブン**と山へ入る

・その時です、お月さまが**カブン**と山へお入りになってあたりがポカッとうすぐらくなったのは。（シグナルとシグナレス）

「カブン」も賢治独自の創作オノマトペであるが、何かが瞬間的に勢いよく水に飛び込んだりする音ないしその様を表す「ザブン」という慣習的オノマトペを基に「ザ」を「カ」に変えて創作したのではないだろうか。このことを考慮に入れて「カブン」の意味を考えてみると、おそらくお月さまが突然山に消えてしまった情景を描写していると思われる。〈第3章の【別の子音に変える法則】によって創作されたオノマトペ〉

ぎらぎらの雲・ぎらぎらのちぢれた雲・ギラギラの太陽・ぎらぎらのお日さま

・猫のような耳をもち、ぼやぼやした灰いろの髪をした雪婆んごは、西の山脈の、ちぢれた**ぎらぎら**の雲を越えて、遠くへでかけていたのです。（水仙月の四日）

・そのとき西の**ぎらぎら**のちぢれた雲のあいだから、夕陽は赤くななめに苔の野原に注ぎ、すすきはみんな白い火のようにゆれて光りました。（鹿踊りのはじまり）

・そして黄色なダアリヤの涙の中で**ギラギラ**の太陽はのぼりました。（まなづるとダアリヤ）

・**ぎらぎら**のお日さまが東の山をのぼりました。（シグナルとシグナレス）

「ぎらぎら」は、通常、「ぎらぎら輝く」や「ぎらぎらする」のように、様態副詞ないし動詞として用いられる。第2章で詳しく見たように、右の例に見られる「ぎらぎらの〜」という使い方は結果副詞の用法であって様態副詞の用法ではない。例えば、典型的な結果副詞である「くたくた」を例にとると、「くたくたに疲れる」「疲れてくたくただ」「疲れてくたくたの子供」のように、「くたくた」は「に」を伴って結果副詞として機能したり、「だ」を伴って述語になったり、「の」を伴って名詞を修飾したりすることができる。

一方、「ぎらぎら」は「ぎらぎらに輝く」「輝いてぎらぎらだ」「輝いてぎらぎらの太陽」のように、「に」を伴うこともできないし、「だ」を伴って述語になることもできないし、「の」を伴って名詞を修飾することもできない。しかし、右の例では、「ぎらぎらの〜」という結果副詞の使い方がされており、賢治独特の用法である。もし私たちがこのような表現を使ったならば、おそらく逸脱した不適格な表現と見なされるだろう。通常逸脱していると考えられる表現をあえて使っているところが賢治独特の特徴と言えるだろう。

なお、太陽やお日さまが「ぎらぎら」しているのは理解できるが、「ぎらぎら」を雲に用いているのは、雲が強い西日を受けてあたかも雲自体がぎらぎら光っているかのように感じて表現したのではないだろうか。〈分類⑧：様態副詞のオノマトペを結果副詞的に使ったオノマトペ〉

お日様が**カツカツカツ**と身体をゆすぶる

・ある朝、お日様が**カツカツカツ**と厳かにお身体をゆすぶって、東から昇っておいでになった時、チュンセ童子は銀笛を下に置いてポウセ童子に申しました。（双子の星）

「カツカツカツ」は慣習的オノマトペ「カツカツ」の語基を二回反復させた形態であるが、「カツカツ」は乾いたものがぶつかり続ける乾いた音を表し、典型的に靴音を描写するのに用いられる。右の例では、「カツカツカツ」という形で用いられているが、これは強調するためだと考えられる。そして擬音語ではなく、お日様があたかも自分が一番えらいかのように威厳を持って体を揺すぶる動作を描写した擬態語として用いられているようであり、比喩的用法と考えられる。〈分類⑥：比喩的に使ったオノマトペ〉

青びかりが**どくどく**と野原に流れて来る

・そらから青びかりが**どくどく**と野原に流れて来ました。（土神ときつね）

「どくどく」は「血がどくどく流れ出る」のように、通常、液体が続けて多量に流れ出たり溢れたりする音やその様を表す。右の例では、流れ出るものが液体ではなく「青びかり」であるにも拘わらず、「どくどく」が用いられている。このような「どくどく」の非慣習的な使い方は、あたかも液体が多量に流れ出るかのごとく、青びかりが次から次へと野原に流れて来たことを描写した比喩的表現である。〈分類⑥：比喩的に使ったオノマトペ〉

3. 水に関連するもの

●水はどんな音を立てるのか？

水に関するオノマトペは多数あり、「水がこんこんと湧き出る」「小川がさらさら流れる」「滝がごうごう流れ落ちる」など表現も様々である。賢治の耳にはどのような音が聞こえるのだろう。

ころんころんと水が湧く

・ごとごと鳴る汽車のひびきと、すすきの風との間から、**ころんころん**と水の湧くような音が聞えて来るのでした。（銀河鉄道の夜）

「ころんころん」は典型的には丸いものが連続的に転がる様を表すのに用いられ、水が湧くような音を描写するのに用いられることはない。しかしながら、「ころんころん」には擬音語としての意味もあり、琴やピアノ、鈴などの軽やかで明るい涼やかな音色を描写するのにも用いられる。右の例では、賢治は水が湧く音と断定しているのではなく単に水が湧くような音と表現しているだけである。このことから、軽やかで明るい音を水の湧くような音に喩えて「ころんころん」と描写したと考えられるのではないだろうか。汽車の走る「ごとごと」という大きな音と「ころんころん」という心地よい音との対照も面白く、賢治オノマトペの世界に引き込まれる。〈分類⑤：通常使われない名詞および動詞と一緒になったオノマトペ〉

水が**むくっ**と盛りあがる

・するとまもなく、ぼぉというようなひどい音がして、水は**むくっ**と盛りあがり、それからしばらく、そこらあたりがきぃんと鳴りました。（風の又三郎）

「むくっ」は典型的には急に起き上がる様を表すのに用いられるが、右の例のように、水が盛り上がる様を描写するのには用いられない。しかしながら、「水がむくっと盛りあがる」という表現がどのような状況を描写しているか、容易に想像できるだろう。賢治は突然水が盛り上がる様子を人が突然起き上がったりする様子に喩えて「むくっ」を使ったと考えられる。〈分類⑥：比喩的に使った

オノマトペ〉

涌水が**ぐうっ**と鳴る

・みんなが又あるきはじめたとき湧水は何かを知らせるように**ぐうっ**と鳴り、そこらの樹もなんだかざあっと鳴ったようでした。(風の又三郎)

「ぐうっ」は一般に空腹時にお腹が鳴る大きな音を表すのに用いられるが、右の例では、湧水が鳴る音を描写するのに使われている。賢治が湧水が鳴る音を「ぐうっ」というオノマトペで表そうとした理由は明らかではないが、通常、「ぐうっ」は空腹を暗示することから考えると、実際には湧水の音は「ぐうっ」という音ではなかっただろうが、何か(不吉なこと)を暗示するために、創造的な使い方をしたと解釈できるのではなかろうか。〈分類③：通常使われない名詞(主体)と一緒になったオノマトペ〉

冷たい水が**こぼんこぼん**と音をたてる

・そこには冷たい水が**こぼんこぼん**と音をたて、底の砂がピカピカ光っています。(貝の火)

「こぼんこぼん」は水が大量に湧き出る音を描写する「ぼこぼこ」という慣習的オノマトペから音位転換というプロセスを経て創作されたと考えられる、賢治独特の「こぼこぼ」に「ん」（撥音）を付加して創作された賢治特有の非慣習的オノマトペである。この賢治の創作オノマトペは右の例文で水が大量に断続的に湧き出る音を描写している。〈第3章の【音位転換の法則】および【「ん」挿入の法則】によって創作されたオノマトペ〉

滝が**ぴーぴー**答える

・滝が**ぴーぴー**答えました。「やまねこは、さっき、馬車で西の方へ飛んで行きましたよ。」（どんぐりと山猫）

「ぴーぴー」は笛の音を表すが、右の例では、「滝がぴーぴー答えました」と表現されていて、通常、滝がぴーぴーという音を発すると考えられない。しかし、興味深いことに、この滝は「笛吹の滝」と呼ばれ、崖の中ほどに小さな穴が開いていて、そこから水が笛のように鳴って飛び出し、滝になって谷に流れ落ちる特別な滝なのである。そこで、賢治はこの滝が笛のようにぴーぴー鳴ると描写したのだろう。〈分類⑤：通常使われない名詞および動詞と一緒になったオノマトペ〉

淵の**のろのろ**した気味の悪いところ

・犬はさきに立って崖を横這いに走ったりざぶんと水にかけ込んだり淵の**のろのろ**した気味の悪いとこをもう一生けん命に泳いで…（なめとこ山の熊）

「のろのろ」は動きが鈍く遅い様を表すが、「よぼよぼ」と同様、動物以外のものには用いられない。右の例では、「のろのろ」が「淵ののろのろした気味の悪いとこ」のように使われているが、このような使い方はやはり賢治独特の比喩的用法だろう。この特殊な表現は、淵の水がゆっくり流れる気味の悪い所という意味を表しているようであるが、単に「水がゆっくり流れる」というだけでなく、もっと否定的な意味が示唆される。また、「のろのろ」と形態的によく似た「ぬるぬる」というオノマトペがあるので、ひょっとしたらこの否定的な意味を表すオノマトペを念頭に置いて、すなわち「ぬるぬる」という意味合いも込めて「のろのろ」を非慣習的に使ったのかもしれない。〈分類⑥：比喩的に使ったオノマトペ〉

4．山に関連するもの

●山をオノマトペで表現すると？

山をオノマトペを用いて表現するとしたら、皆さんはどのようなオノマトペを思い浮かべるだろうか。山を表現するには、「険しい山」「雄雄しく聳《そび》え立つ山」などはすぐに思いつくものの、オノマトペを用いた表現は意外に思い浮かばないことにはたと気づくのではないだろうか。賢治が個性溢れるオノマトペで山を表現しているので見てみよう。

山が**うるうる**もりあがる

・おもてにでてみると、まわりの山は、みんなたったいまできたばかりのように**うるうる**もりあがって、まっ青なそらのいたにならんでいました。（どんぐりと山猫）

「うるうる」は水気がありあまる様、特に目が涙でいっぱいになる様を表す。右の例のように、山が盛り上がる様子を「うるうる」で描写することはしないだろう。賢治のこの「うるうる」の使い方は、山があたかも涙が目に湧いてきて溢れそうになっているかのように盛り上がる様を描写し

ようと試みた比喩的用法と考えられる。〈分類⑥：比喩的に使ったオノマトペ〉

とっぷりとした青い山脈

・見ると東の**とっぷり**とした青い山脈の上に、大きなやさしい桃いろの月がのぼったのでした。（かしわばやしの夜）

「とっぷり」は日が完全に落ちて、夜の静けさがあたりをつつむ様を表すが、典型的な使い方は「日がとっぷり暮れる」などで、右の例の「とっぷりとした青い山脈」のような動詞的用法はない。したがって、この「とっぷりとした名詞」という動詞的用法は非慣習的で賢治独特のものであるが、「とっぷり暮れた」と同義であると解釈される。〈分類⑦：動詞として使われるオノマトペ〉

きらきらの熔岩

・降らせろ、降らせろ、**きらきら**の熔岩で海をうずめろ。（楢ノ木大学士の野宿）

「きらきら」は、通常、「きらきら光る」や「きらきらする」のように、様態副詞ないし動詞として用いられる。しかし、右の例に見られる「きらきらの〜」という使い方は、結果副詞の用法であって様態副詞の用法ではない。右の例文では、「きらきらの〜」は「きらきら光る〜」ないし「きらきらした〜」と解釈できるが、本来逸脱した不適格な表現である。しかしながら、賢治が使えば、様態副詞を結果副詞的に使ったユニークな表現と見なされ容認されるだろう。それは通常逸脱していると考えられる表現をあえて使っているところが賢治独特の特徴と見なされるからである。

〈分類⑧：様態副詞のオノマトペを結果副詞的に使ったオノマトペ〉

5. 火に関連するもの

●火はどのように燃えるのか?

激しく燃える火は、「ごうごうと音を立てて燃える火」や「火がぱちぱち燃える」と表現し、おとなしく燃える火は、「ちょろちょろ燃える火」と表現するだろう。賢治は火が燃える様を面白いオノマトペを用いて表現している。

火が**もくもく**湧く

・見える、見える。あそこが噴火口だ。そら火をふいた。ふいたぞ。面白いな。まるで花火だ。

おや、おや、おや、火が**もくもく**湧いている。（貝の火）

「もくもく」は煙や雲などが重なり合うように盛んに湧き起こる様を表し、通常、「火がもくもく湧く」とは言わない。私たちはこのような表現を使わないが、どのような状況か想像できるだろうか。賢治は火が重なり合うように湧き起こる様だけでなく、火の勢いが凄まじく「もくもく」湧き上がっている様も同時に読者に連想してもらいたくて、「煙」ではなく通常使われない「火」を主語として、「火がもくもく湧いている」という表現を使ったのだろう。〈分類③：通常使われない名詞（主体）と一緒になったオノマトペ〉

火は**どろどろぱちぱち**

・狼森のまんなかで、火は**どろどろぱちぱち**火はどろどろぱちぱち、栗はころころぱちぱち、栗はころころぱちぱち。（狼森と笊森、盗森）

「どろどろぱちぱち」は火が燃える様を表す「どろどろ」と火がはじける「ぱちぱち」が組み合わさったものである。炎が激しく燃えて火の粉が飛び散っている様が想像できる。〈二つのオノマトペが組み合わさったオノマトペ〉

ぺらぺら赤い火になる

・いつから、こんな、**ぺらぺら**赤い火になったろう。（タネリはたしかにいちにち噛んでいたようだった）

右の例では、「ぺらぺら」が動詞と共に用いられていなくて、「ぺらぺら赤い火」という表現で用いられている。この表現は「ぺらぺら燃える赤い火」ないし「ぺらぺら揺れる赤い火」から「燃える」ないし「揺れる」という動詞が省略されたと考えられる。しかしながら、「ぺらぺら」は軽薄によくしゃべったりする様、外国語をよどみなく流暢に話す様、紙や布などが薄くて弱い様、薄いものが小刻みに揺れたり、翻ったりする様を表すが、炎が揺れたり、燃えたりする様を表さない。通常、このような様は「めらめら」や「ゆらゆら」で描写される。ここであえて「ぺらぺら」を使ったのは、おそらく赤い火が細くなって小刻みに揺れている様子をイメージさせたかったのではないだろうか。いずれにしても、右の例に見られる「ぺらぺら」の使い方は賢治独特の非慣習的用法であると思われる。〈分類⑨：動詞が省略されたオノマトペ〉

6．その他

ごうごうの音

・いきなり本線シグナル附の電信ばしらが、むしゃくしゃまぎれに**ごうごう**の音の中を途方もない声でどなったもんですから、シグナルは勿論シグナレスもまっ青になってぴたっとこっちへまげていたからだをまっすぐに直しました。（シグナルとシグナレス）

「ごうごう」は様態副詞としてしか用いられず、結果副詞の特徴である「ごうごうの音」という表現はない。右の例では、「ごうごう鳴る音」という意味で、通常逸脱した表現であると理解される賢治独特の用法が用いられている。〈分類⑧：様態副詞のオノマトペを結果副詞的に使ったオノマトペ〉

地面の底から**のんのん**湧く

・停車場を一足出ますと、地面の底から何か**のんのん**湧くようなひびきやどんよりとしたくらい空気、行ったり来たりする沢山の自働車のあいだに、ブドリはしばらくぼうとしてつっ立ってしまいました。（グスコーブドリの伝記）

『日本語オノマトペ辞典』によると、「のんのん」は勢いの盛んな様を表す岩手方言と記されているが、右の例文では、「のんのん」が「どんどん」と同義で用いられているのだろう。〈方言のオノマトペ〉

#《自然現象以外の現象》

前項では自然現象に関する賢治独特のオノマトペの表現を見てきたが、自然現象以外の現象でもユニークな表現が見られるので、一緒に味わってみよう。

1．属性を表すもの

きらきらの枯草

・太陽は今越えて来た丘の**きらきら**の枯草の向うにかかりそのななめなひかりを受けて早くも一本の桜草が咲いていました。(若い木霊)

すでに見たように、「きらきら」は通常、「様態副詞」として用いられるか、「動詞」として用いられる。しかし、右の例に見られる「きらきらの〜」という使い方は、結果副詞の用法であって様態副詞の用法ではない。「きらきらの枯草」は「きらきら光っている枯草」という意味で用いられているのだろう。これは先に見た「きらきらの熔岩」と同じく、賢治独特の逸脱した用法である。
〈分類⑧：様態副詞のオノマトペを結果副詞的に使ったオノマトペ〉

ぎらぎらの窓ガラス

・そのカーテンのうしろには湯気の凍り付いた**ぎらぎら**の窓ガラスでした。（氷河鼠の毛皮）

前の例文の「きらきらの枯草」と同様に、「ぎらぎら」は様態副詞で、通常、「ぎらぎら輝く」や「ぎらぎらする」のように、様態副詞ないし動詞として用いられ、結果副詞の特徴である「ぎらぎらの〜」のような使い方はしない。したがって、これも先に見た「ぎらぎらの雲」と同じ賢治独特の用法である。〈分類⑧：様態副詞のオノマトペを結果副詞的に使ったオノマトペ〉

くしゃくしゃしたつまらない議論

・私は実は宣伝書にも云って置いた通り充分詳しく論じようと思ったがさっきからの**くしゃくしゃ**したつまらない議論で頭が痛くなったからほんの一言申し上げる、魚などは諸君が喰べないたって死ぬ、鰯なら人間に食われるか鯨に呑まれるかどっちかだ。（ビヂテリアン大祭）

「くしゃくしゃ」は紙や布などを丸めたりもんだりする音ないしその様を表したり、ものごとが整っていない様や雑然としている様を表す。また比喩的な意味として気分の晴れない様や心の苛立ちといった人の心理状態を表すこともある。しかしながら、右の例のように、「議論」などの抽象的な事柄に関して用いられることはない。したがって、右の例に見られる「くしゃくしゃ」は賢治独特の比喩的用法と考えられる。ここでは、とりとめがなくまとまりのない議論が繰り返されているのを表現したかったのであろう。〈分類⑥：比喩的に使ったオノマトペ〉

ぐにゃぐにゃした、男らしくもねいやつ

・てめいみたいな、**ぐにゃぐにゃ**した、男らしくもねいやつは、つらも見たくねい。〈「ツェ」ねずみ〉

「ぐにゃぐにゃ」は弾力を保ちながらも、柔らかかったり曲がりくねったりする様を表す。『日本語オノマトペ辞典』には、右の例を挙げて、動作や態度に一貫性がなくたやすく変わる様という定義を載せている。しかし、右のような例に見られる「ぐにゃぐにゃ」の使い方は非慣習的で、賢治独特の比喩的用法と思われる。ここでは、芯が通っておらず、どっちつかずの態度をとるような性分を表現しようとしたのであろう。〈分類⑥：比喩的に使ったオノマトペ〉

声が**どっしり**している

・ちょっと見ると梟《ふくろう》は、いつでも頬をふくらせて、滅多にしゃべらず、たまたま云えば声も**どっしり**してますし、眼も話す間ははっきり大きく開いています…（林の底）

「どっしり」はものがひどく重い様を表したり、重々しく落ち着いている様や威厳を持って落ち着いている様を表すが、通常、声を描写するのには用いられない。右の例では、例えば「体格がどっしりしている」の類推により、「どっしり」が威厳のある落ち着いた声を描写するのにも比喩的に用いられていると考えられる。〈分類⑥：比喩的に使ったオノマトペ〉

きぱきぱした口調

・異教徒席の中からせいの高い肥ったフロックの人が出て卓子の前に立ち一寸会釈してそれから**きぱきぱ**した口調で斯《こ》う述べました。（ビヂテリアン大祭）

「きぱきぱ」は形態的にはオノマトペの最も典型的な2モーラ反復形をしているが、おそらく読者の皆さんはこれまで一度も目にしたことも耳にしたこともないだろう。しかしながら、右の例文のコンテクストからその意味を考えてみると、「きっぱり」と関係があるのではないかと想像できるだろう。実際、右の例文で「きぱきぱした口調」を「きっぱりした口調」に置き換えても文全体の意味は変わらないと考えられる。したがって、賢治は「きっぱり」を念頭に置いて「きぱきぱ」を創作したと想像できる。すなわち、2モーラ反復形の「きぱきぱ」というオノマトペは日本語には存在しないが、慣習的オノマトペである「きっぱり」や「きぱっ」の語基「きぱ」に基づき「きぱきぱ」を創作してギャップを埋めたと考えられるのである。〈ギャップを埋めるオノマトペ〉

また、別の解釈もできる。「きぱきぱ」した口調という表現を聞いて、慣習的オノマトペである「はきはき」をイメージした読者もいるのではないだろうか。慣習的オノマトペの「はきはき」を念頭に創作したと仮定すれば、第3章で述べた【音位転換の法則】を用いて「きはきは」という中間形態を創り、語呂を良くするために「は」を「ぱ」に変え「きぱきぱ」に変化させたと解釈することも可能であろう。〈第3章の【音位転換の法則】および【別の子音に変える法則】によって創作されたオノマトペ〉

ふくふくした黒土

・何でもおれのきくとこに依ると、あいつらは海岸の**ふくふく**した黒土や、美しい緑いろの野原に行って知らん顔をして溝を掘るやら、濠をこさえるやら、それはどうも実にひどいもんだそうだ。（楢ノ木大学士の野宿）

「ふくふく」は柔らかくふくらんでいる様を表すが、典型的には布団のようなものに対して用いられ、右の例文のように、「ふくふくした黒土」という使い方は賢治独特の用法である。「ふくふくした黒土」からどのようなニュアンスが感じられるだろうか。確かなことは言えないが、黒土が湿り気を帯びて柔らかく盛り上がっている状態を描写しているように感じられる。〈分類③：通常使われない名詞（主体）と一緒になったオノマトペ〉

2. その他

砂利が**がりがり**云う

・砂利が**がりがり**云い子供はいよいよ一生けん命にしがみ附いていました。（車）

「傘ががりがり風に壊される」という表現について言及した際に述べたように、「がりがり」は、動物、特に人がかたいものやでこぼこのあるものを手荒く削ったり、引っ掻いたりするときの音を表し、「がりがり削る」や「がりがり引っ掻く」という表現が一般的である。右の例に見られる「砂利ががりがり云う」という表現はあまり一般的ではないが、砂利が擦れ合うときには「がりがり」という音を発するかもしれないし、「云う」という動詞を「がりがり」と一緒に使っても余り

不自然ではないだろう。〈分類⑤：通常使われない名詞および動詞と一緒になったオノマトペ〉

筆が**ポロポロ**ころがる

・今度は向うの三番書記の三毛猫が、朝仕事を始める前に、筆が**ポロポロ**ころがって、とうとう床に落ちました。（寓話　猫の事務所）

「ポロポロ」は小さい粒状のものが次々に零れる様を表し、「零れる」という動詞と一緒に用いられるのが普通である。この例では、「ポロポロ」は筆が転がる様を描写しているが、「ポロポロ」本来の意味である「零れる」という意味が欠如しているように思われ、単に「ころころ」と同義で用いられているように思われる。〈分類⑤：通常使われない名詞および動詞と一緒になったオノマトペ〉

兜が**すぱり**ととれる・鞍が**すぱり**とはなれる

・パー先生は片袖まくり、布巾に薬をいっぱいひたし、かぶとの上からざぶざぶかけて、両手でそれをゆすぶると、兜はすぐに**すぱり**ととれた。（北守将軍と三人兄弟の医者）

・たちまち鞍は**すぱり**とはなれ、はずみを食った将軍は、床にすとんと落された。（北守将軍と三人兄弟の医者）

「すぱり」は「すぱりと切る」に見られるように、ものを一度に気持ちよく断ち切る様を表すのに用いられ、通常、「とれる」や「はなれる」という動詞と一緒に用いられることはない。右の例では、「すぱり」ではなく「すぽり」といったオノマトペが用いられるのが普通である。では、賢治はなぜ「すぱり」を「とれる」「はなれる」という動詞と一緒に使ったのだろうか。賢治の真意は計り知れないが、「すぽり」と「すぱり」は、右のように、通常一緒に用いられる動詞は異なるものの、動作が一度にスムーズに行われるという点でよく似た意味を表すので、賢治にとっては「すぽり」と「すぱり」がその使い方において似ていても不自然ではないと感じていたのかもしれない。いずれにしても、右の二つの例では、それぞれ兜が一気にとれたり、鞍が一気にはなれたりしたことが連想される。〈分類①：通常使われない動詞と一緒になったオノマトペ〉

扉が**ぴしゃん**と開く

・…もちろん王のお宮へは使が急いで走って行き、城門の扉は**ぴしゃん**と開いた。（北守将軍と三人兄弟の医者）

「ぴしゃん」は「ぴしゃっ」ほど一般的なオノマトペではないが、ドアを強く閉める様を描写し、「ぴしゃんとドアが閉まった」のような使われ方をする。ところが、右の例では、「ぴしゃん」は「閉まる」とではなく、正反対の意味を表す「開く」という動詞と一緒に使われている。賢治は、右の例で「ぴしゃん」を用いることによって、城門の扉が勢いよく一気に開いたことを表そうとしたのだろう。〈分類②：通常一緒に用いられている動詞と正反対の意味の動詞と一緒に使われるオノマトペ〉

アルコールが**ぽかぽか**燃える

・中ではお茶がひっくり返って、アルコールが青く**ぽかぽか**燃えていました。〈グスコーブドリの伝記〉

「ぽかぽか」は体が「ぽかぽかする」などのように、穏やかに暖かい様を表し、右の例のように、「ぽかぽか燃える」などとは言わない。「ぽかぽか燃える」という非慣習的な表現は、激しく燃えるのではなく、暖かそうに穏やかに燃える様を連想させる。皆さんもアルコールランプの火がどのような燃え方をしているか想像してみて欲しい。「ぽかぽか」を使う賢治のセンスの良さがわかるだろう。〈分類⑤：通常使われない名詞および動詞と一緒になったオノマトペ〉

電信ばしらどもが**ブンブンゴンゴン**と鳴る

・電信ばしらどもは、**ブンブンゴンゴン**と鳴り、風はひゅうひゅうとやりました。（シグナルとシグナレス）

「ブンブンゴンゴン」は、鋭く風を切る音やものを勢いよく振り回したりする様を表す「ブンブン」とかたいものが強く打ち当たって立てる音や強く激しく打ち付ける様を表す「ゴンゴン」が組み合わさったものである。風が強く吹いて、電信柱と電信柱を結ぶ電線が激しく揺れている様がイメージできるのではないだろうか。〈二つのオノマトペが組み合わさったオノマトペ〉

扇風機に**ぶうぶう**吹かれる・扇風機が**ぶうぶう**まわる

・向うには、髪もひげもまるで灰いろの、肥ったふくろうのようなおじいさんが、安楽椅子にぐったり腰かけて、扇風機に**ぶうぶう**吹かれながら、「給仕をやっていながら、一通りのホテルの作法も知らんのか。」と頬をふくらして給仕を叱りつけていました。（毒蛾）

・もう食堂のしたくはすっかり出来て、扇風機は**ぶうぶう**まわり、白いテーブル掛けは波をたてます。（紫紺染について）

「ぶうぶう」は車のクラクションの音や法螺貝《ほらがい》の吹く音を表すのに用いられるが、扇風機の回る音を描写するのには用いられない。その意味で、右の例に見られる「ぶうぶう」は非慣習的な使われ方をしていると言えるだろう。しかも、最初の例の「扇風機にぶうぶう吹かれる」という表現は極めて非慣習的で、「ぶうぶう鳴る扇風機に吹かれる」と同義と解釈できる。したがって、「ぶうぶう」と通常一緒に使われる「鳴る」という動詞が省略されて派生したと考えられる。二番目の例の「扇風機はぶうぶうまわる」という表現はあまり不自然さを感じないが、「扇風機はぶうぶういいながらまわる」ないし「扇風機はぶうぶう音を立てながらまわる」から動詞が省略された表現と考えた方がいいのかもしれない。〈分類⑨：動詞が省略されたオノマトペ〉

熊が**ごちゃごちゃ**居る

・そして昔はそのへんには熊が**ごちゃごちゃ**居たそうだ。（なめとこ山の熊）

「ごちゃごちゃ」は多様なものが雑然と集まっている様を表すが、右の例では、多様な動物ではなく熊が居ただけなので、「ごちゃごちゃ」の使われ方は慣習的ではない。賢治はおそらく熊が沢山いたということを表そうとして「うじゃうじゃ」ないし「うようよ」と同様の意味で使ったのではないだろうか。〈分類③：通常使われない名詞（主体）と一緒になったオノマトペ〉

ギギンギギンとひびく

・あの時鋼の槌が**ギギンギギン**と僕らの頭にひびいて来ましたね。〈楢ノ木大学士の野宿〉

この例文では、「ギギンギギン」が鋼の槌が打つときに発する音を描写しているが、このようなオノマトペは日本語には存在せず、非常にユニークな非慣習的オノマトペである。〈賢治のオリジナルなオノマトペ〉

バランチャンと床に倒れる

・そのうちにとうとう、一人はバアと音がして肩から胸から腰へかけてすっぽりと斬られて、からだがまっ二つに分れ、**バランチャン**と床に倒れてしまいました。〈ペンネンネンネンネン・ネネムの伝記〉

「バランチャン」は明らかに賢治が創作した独自のオノマトペであるが、このオノマトペはおそらく「バラバラ」や「バラリ」の語基「バラ」を活用していると考えられる。ちなみに「バラリ」は重みを感じさせながらものが落ちる様を表す。したがって、「バランチャン」も基本的には二つに斬られた体が床に落ちる様子を描写するのに用いられていると考えられる。では、なぜ「バラン」ではなく「バランチャン」なのか考えてみよう。もちろん「バラン」だけでもよかったと思われるが、「チャン」を付けることによって、リズミカルに響くのと、体が真っ二つに斬られたので、身体部分が二個床に落ちることになるが、全く同時に落ちなくて別々に落ちたことを描写するのに「バランチャン」という表現をしたと考えられる。〈賢治のオリジナルなオノマトペ〉

くるくるする

・それにひどく深くて急でしたからのぞいて見ると全く**くるくる**するのでした。（谷）

「くるくる」は基本的に「ぐるぐる」と同様の意味を表し、「回る」という動詞と一緒に用いられるが、「くるくるする」という動詞として用いられることはない。したがって、右の例に見られる「くるくるする」という動詞表現も「ぐるぐるする」同様、賢治特有の非慣習的用法であると考えられる。「くるくるする」は「くらくらする」とほぼ同様の意味を表すと思われるが、「くるくる目が回る」と同義だろう。〈分類⑦：動詞として使われるオノマトペ〉

せらせらする

・ホモイは呆れていましたが、馬があんまり泣くものですから、ついつりこまれて一寸鼻が**せらせら**しました。（貝の火）

『日本語オノマトペ辞典』によると、「せらせら」は喉がいがらっぽく感じる様を表す岩手方言と記されている。右の例では、喉ではなく鼻が鼻水でぐずぐずした状態を描写するのに「せらせら」が用いられていると思われる。〈方言のオノマトペ〉

《動物の動作》

賢治の作品の特徴の一つとして、動物が主人公になっている作品が非常に多いということが挙げられるだろう。したがって、当然のことながら、動物の動作を表すオノマトペも多く、ユニークな表現も多数見られる。

1. 鳥類

●鳥はどのように飛ぶのか？　どのように鳴くのか？

私たちは鳥が飛ぶ様子や鳴く様子をどのようなオノマトペで表現するだろうか。「鳥がびゅんと飛ぶ」「鳥がバタバタと音を立てて飛び立つ」や「スズメがチュンチュン鳴く」「とんびがピーヒョロロと鳴く」など人によって思い浮かべるオノマトペはいろいろと異なるだろう。賢治独自の表現を見てみることにしよう。

鳥の大尉が足を**すくすく**延ばす

・鳥の大尉は列からはなれて、ぴかぴかする雪の上を、足を**すくすく**延ばしてまっすぐに走って大監督の前に行きました。〈鳥の北斗七星〉

「すくすく」は何も遮るものなく元気に育つ様や樹木が高くまっすぐ延びている様を表す。右の例に見られる「足をすくすく延ばす」という表現は明らかに不自然で賢治独特の表現であるが、どこに違和感があるのか考えてみよう。「すくすく」は「木の枝がすくすく延びる」や「子どもがすくすく育つ」に見られるように、通常、「延びる」や「育つ」のような自動詞としか一緒に用いることができない。しかし、右の例文ではこの制限を破って「延ばす」という他動詞と一緒に使っている。ここに不自然さを感じるのである。このように、右の例文に見られる「足をすくすく延ばす」という表現は不自然ではあるが、通常の使い方と違う点は自動詞ではなく基本的に同じ意味を表す他動詞と共に使っている点だけなので、意味的に大きく逸脱した表現にはなっていない。いずれにしてもこの非慣習的な表現から、鳥の大尉が何の躊躇《ま よ》いもなく足をスムーズに元気よく延ばす光景が想像できるだろう。〈分類①：通常使われない動詞と一緒になったオノマトペ〉

鳥が**ツンツン**鳴く

・それは**ツンツン、ツンツン**と鳴いて、枝中はねあるく小さなみそさざいで一杯でした。（十月の末）

・外では谷川がごうごうと流れ鳥が**ツンツン**鳴きました。（ひかりの素足）

「ツンツン」は三味線の音、綿を打つ音を描写するのに用いられるが、最初の例では、みそさざいの鳴き声を描写するのに用いられていると考えられるが、この「ツンツン」とは関係がなさそうである。みそさざいはスズメ目ミソサザイ科で体調十センチくらいの日本で最小クラスの鳥である。我々がよく目にするスズメは「チュンチュン」と鳴くが、「ツンツン」のほうがより小さな鳥をイメージさせることから、みそさざいの鳴き声を「ツンツン」と表現したのだろう。このように、「チュンチュン」を基に「チュ」を「ツ」に変えて「ツンツン」が創作されたと仮定した方が良さそうである。二番目の例文に見られる鳥もおそらくみそさざいと考えられる。ちなみに、みそさざいは、実際には高音の大変よく響く声で「チリリリリ」とさえずるようである。〈第3章の【別の子音に変える法則】によって創作されたオノマトペ〉

ふくろうが**しいんしいん**と泣く

・林中の女のふくろうがみな**しいんしいん**と泣きました。（二十六夜）

「しいん」は「それから農学校長と、豚とはしばらくしいんとしてにらみ合ったまま立っていた。(フランドン農学校の豚)」のように、物音一つ聞こえず、静まりかえっている様を表し、通常、「しいんとする」や「しいんとなる」といった形で用いられる。また、「しいんしいん」という反復した形態で用いることはない。「しいんしいん」は「泣く」と共に用いられていてその使い方は明らかに逸脱した例外的な用法である。この例では、穂吉のお母さんの梟《ふくろう》とは対照的に、林中の女の梟が静かにしんみりと泣いている様子が想像でき、「しいんしいん」は「しくしく」とほぼ同義で用いられていると思われる。〈分類①:通常使われない動詞と一緒になったオノマトペ〉

(梟が)**ゴホゴホ**唱える

・その松林のずうっとずうっと高い処で誰か**ゴホゴホ**唱えています。(二十六夜)

「ゴホゴホ」は強く咳き込む際に喉の奥から出る音を表し、「ゴホゴホ咳き込む」や「ゴホゴホする」といった使われ方が一般的である。右の例に見られる「ゴホゴホ唱える」という表現は賢治特有の用法と考えられるが、なぜ賢治はこのような表現を用いたのだろう。この表現は梟がお経を唱えている様を描写したものであるが、梟のお経を唱える声が賢治には咳をする音に類似しているように聞こえたのかもしれない。梟は通常、ホーホーと鳴くがその鳴き声が咳をする声に聞こえなく

もないとも思われる。賢治の想像力の豊かさが感じられる一例である。〈分類①通常使われない動詞と一緒になったオノマトペ〉

かっこうがくっとひとつ息をする

・かっこうは「くっ」とひとつ息をして「ではなるべく永くおねがいいたします。」といってまた一つおじぎをしました。（セロ弾きのゴーシュ）

「くっ」は主として「くっと笑う」のように、笑いをこらえようとして思わずもらす笑い声を表すのに用いられる。またハトやニワトリの鳴き声を表すのに「くっくっ」というオノマトペが用いられる。賢治はおそらくこの慣習的オノマトペを念頭に置いて、かっこうが一声鳴けば「くっ」と発するだろうと想像したのではなかろうか。さらに、人間であれば、一息する音は「ふっ」で表されるが、かっこうの鳴き声を「くっ」と連想したことにより、かっこうが一息する場合も、「くっ」と発するだろうと想像したのではないかと思われる。〈分類⑤：通常使われない名詞および動詞と一緒になったオノマトペ〉

（かっこうが）屋根裏をこっこっと叩く

・それからもう何時だかもわからず弾いているかもわからずごうごうやっていますと誰か屋根裏を**こっこっ**と叩くものがあります。〈セロ弾きのゴーシュ〉

「こっこっ」は定着したオノマトペではなく賢治が創作したオノマトペである。右の例文だけでは動作主が特定されていないが、これに続く文で動作主がかっこうであることがわかる。通常は鳥が何かをつつく場合の音を表現するオノマトペとしては「こつこつ」を使いそうであるが、比較的小さなかっこうが嘴《くちばし》で屋根裏を叩くときの音を描写すれば、「こつこつ」よりも「こっこっ」のほうが適切なオノマトペであるように感じられる。〈賢治のオリジナルなオノマトペ〉

大きな雀の形になってぼろんと飛んで行く

・悪魔の弟子はさっそく大きな雀の形になって**ぼろん**と飛んで行きました。〈ひのきとひなげし〉

「ぼろん」はピアノや弦楽器を弾いたときに出る音を描写する擬音語である。『日本語オノマトペ辞典』には、何かを勢いよくとり落としたり、あるものの一部が大きく欠け落ちたり、勢いよくと び出す様を表す擬態語としての意味を記している。しかしながら、擬態語の例として右の賢治の例文しか挙げられていないので、擬態語としての使い方は賢治独特の用法であると思われる。「ぼろんと飛んで行きました」の意味としては「勢いよく飛んで行きました」という意味だろう。また、例文では悪魔の弟子が雀の形に変身していることから、変身する際に使われる「ドロン」とかけているのかもしれない。〈分類⑤：通常使われない名詞および動詞と一緒になったオノマトペ〉

2. 哺乳類

●馬はどのように尻尾を振るのか？

犬はパタパタと尻尾を振るが、馬はどのように尻尾を振るだろうか。ここでは、鹿や狼、豚など哺乳類の動作を表すオノマトペに関する賢治独特の世界を覗いてみよう。

鹿が｛**ことこと・ことりことりと**｝頭を振る

・みんながおもしろそうに、**ことこと**頭を振って見ていますと、…（鹿踊りのはじまり）

・五疋はこちらで、**ことりことり**とあたまを振ってそれを見ていました。（鹿踊りのはじまり）

「ことこと」はかたく乾いたものを軽く叩きつけたり、箱の中などでかたいものが触れ合ったりする音ないしその様を表す。「ことりことり」も同様、かたく小さなものが断続的にかたいものに当たって立てる軽く乾いた音ないしその様を表す。「ことこと」および「ことりことり」の意味を踏まえて、右の例文を考えてみると、いずれの文においても、複数の鹿が頭を振ると角が触れ合って軽く乾いた音を立てるが、その音を描写しようとして「{ことこと・ことりことりと}頭を振る」という賢治独特の表現をしたのではないかと想像される。〈分類⑤：通常使われない名詞および動詞と一緒になったオノマトペ〉

鹿が**ぐるくるぐるくる**廻る

・鹿は大きな環をつくって、**ぐるくるぐるくる**廻っていましたが、よく見るとどの鹿も環のまんなかの方に気がとられているようでした。（鹿踊りのはじまり）

「ぐるくるぐるくる」は基本的にはよく似た意味を表す「ぐるぐる」と「くるくる」のそれぞれの語基「ぐる」と「くる」を組み合わせてつくられたオノマトペであるが、それをさらに反復させた非常に珍しい賢治独特のオノマトペと言えよう。「ぐるくるぐるくる廻る」という表現から、鹿が速く廻ったりゆっくり廻ったりする光景が想像できるのではないだろうか。〈二つのオノマトペの語基が組み合わさったオノマトペ〉

雪狼が**べろべろ**舌を吐く

・二疋の雪狼が、**べろべろ**まっ赤な舌を吐きながら、象の頭のかたちをした、雪丘の右の方をあるいていました。（水仙月の四月）

・その空からは青びかりが波になってわくわくと降り、雪狼どもは、ずうっと遠くで焔のように赤い舌を**べろべろ**吐いています。（水仙月の四月）

「べろべろ」には主として二つの意味がある。一つは下品に舌で強く舐める様を表し、もう一つは激しく炎が出たり、火が燃え広がったりする様を表す。右の例ではいずれも二番目の意味を利用した表現で、赤い舌を吐く様をあたかも炎を吐いているがごとくに喩えた比喩的表現である。飢えた狼が舌なめずりしている姿が想像できる。〈分類⑥：比喩的に使ったオノマトペ〉

雪狼が小さな枝を**がちがち**嚙じる

・…一疋の雪狼は、…その赤い実のついた小さな枝を、**がちがち**嚙じりました。（水仙月の四月）

「がちがち」は通常、「ドアを鍵でがちがちいわせて開ける」のように、金属などのかたいものが何度かぶつかり合って立てる重い音を表すのに用いられ、右の例のように、「枝をがちがち嚙じる」のようには用いられない。賢治がなぜ右の例のような使い方をしたのか考えてみると、おそらく小さな枝が非常にかたいことを表そうとしたと推測される。〈分類⑤：通常使われない名詞および動詞と一緒になったオノマトペ〉

狐が眼を**プルプル**させる

・狐が頭から雷さんをひっかぶったようにびっくりして眼を**プルプル**させて少しずつあと戻りして引っ込みました。（けだもの運動会）

「プルプル」はこまかく震える様、弾力があって、小刻みに揺れ動く様を表すのに用いられる。右の例のように、「眼をプルプルさせる」という表現は、眼を上下左右に小刻みに揺れ動かすことはそもそも不可能で不自然に感じる。通常ならば、「眼をくるくるさせる」という表現を用いるだろう。なぜ賢治が物理的に不可能に近い「眼をプルプルさせる」という表現を使ったのか考えてみると、狐の驚きが尋常でないことを強調したかったのではないだろうか。この賢治独特の表現から、不可能であるが、眼があたかもプリンのような弾力のあるもののように小刻みに揺れ動いている情景が読み取れる。〈分類④：通常使われない名詞（対象）と一緒になったオノマトペ〉

狐の生徒が**キラキラ**涙をこぼす

・狐の生徒はみんな感動して両手をあげたりワーッと立ちあがりました。そして**キラキラ**涙をこぼしたのです。（雪渡り）

「キラキラ」は光り輝く様を表し、「光る」「輝く」といった種類の動詞としか一緒に使われない。右の例では、「キラキラ」は「キラキラ涙をこぼす」という使われ方をしているが、「こぼす」という動詞を修飾して涙の零し方を描写しているという解釈はできないだろう。ここでは「キラキラ光る涙をこぼす」と解釈するのが自然だと思われ、「キラキラ涙をこぼす」が「光る」という動詞が省略された結果の表現であると考えられるだろう。〈分類⑨：動詞が省略されたオノマトペ〉

狐のこん兵衛が**こんこんばたばたこんこんこん**

・狐こんこん狐の子、去年狐のこん兵衛が、ひだりの足をわなに入れ、**こんこんばたばたこんこんこん。**」（雪渡り）

「こんこんばたばたこんこんこん」は基本的には狐の鳴き声を表す「こんこん」と慌てもがく様

を表す「ばたばた」が組み合わさったものであるが、「こんこんばたばた」にさらに「こんこんこん」が付いた複雑な形態をしている。オノマトペを組み合わせることによりリアルな描写となっており、罠にかかった狐のこん兵衛が、助けを求めて鳴いては罠から逃れようとしてもがいている光景が目に浮かぶ。〈二つのオノマトペが組み合わさったオノマトペ〉

馬がしっぽを**ばしゃばしゃ**ふる

・向うの少し小高いところにてかてか光る茶いろの馬が七疋ばかり集まってしっぽをゆるやかに**ばしゃばしゃ**ふっているのです。（風の又三郎）

「ばしゃばしゃ」は水面を何度も叩いたり、水がものに打ち当たって飛び散ったりする水飛沫《しぶき》の音ないしその様を表し、それ以外の音や様を表さない。それにも拘わらず、右の例では、馬が尻尾を振る動作の様態を描写するのに「ばしゃばしゃ」が用いられている。一見「ばしゃばしゃ」というオノマトペは馬が尻尾を振る動作と無関係に見えるが、馬が尻尾を振ったときの尻尾の動きが、何かが水面に打ち当たったり、水がものに打ち当たったりしたときに飛び散る水飛沫によく似ているのではなかろうか。賢治はおそらくこのような類推をして「ばしゃばしゃ」を比喩的に用いたのだと考えられる。〈分類⑥：比喩的に使ったオノマトペ〉

右の例文では、通常、「ばさばさ」という慣習的オノマトペが使われると考えられるので、「ばしゃばしゃ」が「ばさばさ」から【「さ」を「しゃ」に変える法則】によって派生した可能性も考えられるだろう。〈第3章の【別の子音に変える法則】によって創作されたオノマトペ〉

馬が蹄をことこと鳴らす

・そして二人が正面の、巨きな棟にはいって行くと、もう四方から馬どもが、二十足もかけて来て、蹄を**ことこと**鳴らしたり、頭をぶらぶらしたりして、将軍の馬に挨拶する。（北守将軍と三人兄弟の医者）

「ことこと」はかたく乾いたものを軽くたたき続けたり、箱の中などでかたいものが軽く触れ合って立てる高い音を描写するのに用いられ、馬の蹄の音を表すのには用いられない。賢治が右の例で蹄の音を表すのになぜ「ことこと」を使ったのか考えてみると、馬が走ったり歩いたりしているときの蹄の音ではなく、前足で将軍の馬に挨拶するために立てた蹄の音を描写するには「ことこと」が最も相応しいと考えたのだろう。〈分類④：通常使われない名詞（対象）と一緒になったオノマトペ〉

馬の草をゴリゴリ喰べる音

・甲太は、ひるのつかれで、とろとろしながら馬の草を**ゴリゴリ**喰べる音を聞いていましたが、とうとう、ねむくて眼をあいていられなくなったので、そのまますころりと寝てしまいました。（馬の頭巾）

「ゴリゴリ」は強く力を込めて擦ったり、踏みつけたり、噛んだりする音ないしその様を表すが、「ゴリゴリ喰べる」という使い方はない。賢治がなぜこのような表現をしたのか考えてみると、馬は草を食べるとき上の歯と下の歯を擦り合わせながら食べる。賢治はおそらく馬が上の歯と下の歯を擦り合わせるときに「ごりごり」というような音がすると考えたのではないだろうか。このような連想に基づいて、賢治は馬の特徴ある食べ方を描写するのに「ゴリゴリ喰べる」という表現を用いたと考えられる。〈分類①：通常使われない動詞と一緒になったオノマトペ〉

豚が口を**びくびく**横に曲げる

・豚は口を**びくびく**横に曲げ、短い前の右肢を、きくっと挙げてそれからピタリと印をおす。（フランドン農学校の豚）

「びくびく」は「体や体の一部などが強く細かく震える様」ないし「不安や恐怖のためにたえず

おびえ恐れる様」を表す。このオノマトペの典型的な使い方は「びくびく震える」や「びくびくおびえる」などで、「びくびく曲げる」とは言わないだろう。右の例に見られる「口をびくびく横に曲げる」という使い方は特殊で賢治独特であるが、恐怖のあまり口を震わせながら曲げている様子が連想される。〈分類①：通常使われない動詞と一緒になったオノマトペ〉

豚が**ぐたっぐたっ**と歩き出す

・豚は全く異議もなく、はあはあ頬をふくらせて、**ぐたっぐたっ**と歩き出す。（フランドン農学校の豚）

「ぐたっぐたっ」は「ぐたっ」という慣習的オノマトペが反復した形態であるが、「ぐたっ」は弱り切って力の抜けた様を表す。通常、「ぐたっ」は「ぐたっと疲れる」や「ぐたっとする」という動詞として用いられ、「ぐたっと歩き出す」という表現は違和感があり不自然に感じる。しかし、「ぐたっぐたっ」という反復した形態を用いると、不自然さがなくなり、豚が弱り切って重々しく歩き出す光景が目に浮かぶようである。〈分類①：通常使われない動詞と一緒になったオノマトペ〉

犬が**ふう**とうなる

・犬が**ふう**とうなって戻ってきました。(注文の多い料理店)

「ふう」は強く息を吐き出したり、溜息をついたりする音やネコの怒りを表す声を描写するのに用いられるが、右の例のように、犬が唸る声を描写するのには用いられない。犬の唸り声を表すとすれば、おそらく「うー」で描写するだろう。実際、この前の箇所では「犬どもはううとうなってしばらく室の中をくるくる廻っていましたが…」とあり、犬の唸り声は「うー」で描写されている。ここで「ふう」を使った意図は、おそらく猟師たちが食べられそうになった山猫と一戦を交えた後、息せき切って戻ってきたため、唸り声にも荒々しい息が含まれていることを描写しようとしたのではないだろうか。〈分類⑤：通常使われない名詞および動詞と一緒になったオノマトペ〉

小猿が草原一杯**もちゃもちゃ**はせ廻る

・小猿が、バラバラ、その辺から出て来て、草原一杯**もちゃもちゃ**はせ廻り、間もなく四つの長い列をつくりました。(さるのこしかけ)

『日本語オノマトペ辞典』によると、「もちゃもちゃ」は「わかりにくいややこしい様」を表す古語と記されているが、現代では全くといっていいほど使われていないオノマトペだと思われる。この例文では、小猿が草原をあちこち駆け回る様子を描写するのに「もちゃもちゃ」が使われたのではないだろうか。〈古いオノマトペ〉

3. 昆虫

●蟬の鳴き声は？

私たちの知っている蟬の鳴き声は、「ミーンミーン」「ジージー」「ツクツクホーシ」など様々であるが、賢治の耳に聞こえる蟬の鳴き声はどういうものだろう。

蟬が**があがあ**鳴く

・ところが、そのときはもう、そらがいっぱいの黒い雲で、楊も変に白っぽくなり、蟬が**があがあ**鳴いていて、そこらは何とも云われない、恐ろしい景色にかわっていた。（さいかち淵）

「があがあ」はアヒルやカラスの鳴き声を表すのに用いられるが、蟬の鳴き声を描写するのには用いられない。では、なぜ賢治は蟬の鳴き声と無関係な「があがあ」をあえて右の例のように使ったのだろう。「があがあ」というオノマトペは基本的には耳障りなやかましい鳴き声を表し、小鳥の鳴き声のような心地よい鳴き声を表さない。したがって、「があがあ」というオノマトペを用いることによって、蟬の鳴き声があまりにやかましく耳障りであり、それにより不安を煽る効果を与えていると考えられる。〈分類③：通常使われない名詞（主体）と一緒になったオノマトペ〉

蟬が**カンカン**鳴く

・おひるすぎ授業が済んでからはもう雨はすっかり晴れて小さな蟬なども**カンカン**鳴きはじめたりしましたけれども誰も今日はあの栗の木の処へ行こうとも云わず一郎も耕一も学校の門の処で「あばえ。」と言ったきり別れてしまいました。（風野又三郎）

「カンカン」は「鐘がカンカン鳴る」のように、金属や石のようなかたいものがぶつかったときに生ずる甲高い音を表し、蟬の鳴き声を描写するのには用いられない。右の例では、小さな蟬の鳴き声を描写しているので、甲高い音を表す「カンカン」が用いられたのかもしれないが、蟬の鳴き声と「カンカン」の関係を連想するのは難しい。一般人には理解しえない、賢治の人並みはずれた言語感覚を示唆しているようである。〈分類⑤：通常使われない名詞および動詞と一緒になったオノマトペ〉

蚊が**くんくん**鳴く

・それから二人はうちの方へ蚊の**くんくん**鳴く桑畑の中を歩きました。（革トランク）

「くんくん」は動物、特に犬の鼻を鳴らす音を表すのに用いられ、右の例のように、蚊が鳴く声を描写したりしない。蚊の鳴く声は聞いたことがないし、そもそも蚊は鳴かないと思われ、蚊が飛ぶときに発する羽音を蚊が鳴くと表現していると考えられるが、もしそのような音を表すとしたら、「ぶうんぶうん」が適当だと思われる。「ぶうんぶうん」だとかなり大きな音で不快に感じるが、「くんくん」だともう少し小さな音でそれほど気にならない音に感じるかもしれない。〈分類③：通常使われない名詞（主体）と一緒になったオノマトペ〉

蚊が**くうん**となる

・夜あけごろ、遠くから蚊が**くうん**となってやって来て網につきあたりました。（蜘蛛となめくじと狸）

「くうん」は蚊の羽音を表す賢治独特の創作オノマトペであるが、蝿などの羽音は通常、「ぶうん」で描写される。しかしながら、蚊の羽音は蝿の羽音よりも小さいので、蚊の小さく高い羽音を描写するには、「ぶうん」は適切ではないと考えて「くうん」を創作したと考えられる。このように、「くうん」が「ぶうん」に基づいていると仮定すれば、「ぶ」を「く」に変えることによって「くうん」が創作されたと考えられる。〈第3章の【別の子音に変える法則】によって創作されたオノマトペ〉

蛾がぽろぽろぽろぽろ飛びだしはじめる

・こうしてこしらえた黄いろな糸が小屋に半分ばかりたまったころ、外に置いた繭からは、大きな白い蛾が**ぽろぽろぽろぽろ**飛びだしはじめました。（グスコーブドリの伝記）

「ぽろぽろ」は小さい粒状のものが次々に零れる様を表し、通常「零れる」という動詞と一緒に用いられる。この例では、動詞は「飛びだしはじめる」であるが、「ぽろぽろぽろぽろ」は「ぽろぽろ」本来の意味が反映されていているようである。「ぽろぽろぽろぽろ」は慣習的な「ぽろぽろ」をさらに反復させた形態であるが、「ぽろぽろぽろぽろ飛びだしはじめた」という表現から、蛾が次々と零れるように飛び始めたことが容易に想像できる。また、「ぽろぽろ」を反復させた「ぽろぽろぽろぽろ」を用いることによって、蛾が非常に沢山飛びだしてきたことが明らかにされている。すなわち、白い蛾が次から次へと零れるように飛び始めた情景が思い起こされる。〈分類⑤：通常使われない名詞および動詞と一緒になったオノマトペ〉

蜘蛛が**すうすう**糸をはく

・網は時々風にやぶれたりごろつきのかぶとむしにこわされたりしましたけれどもくもはすぐ**すうすう**糸をはいて修繕しました。（蜘蛛となめくじと狸）

「すうすう」は「すうすう寝息を立てる」のように、スムーズに息を吸ったり吐いたりする音やその様を表すオノマトペであり、「すうすう糸をはく」のような使われ方はしない。賢治がこのような非慣習的な使い方をあえて選んだのは、あたかもスムーズに息を吸ったり吐いたりするかのごとく、蜘蛛が造作なくスムーズに次から次へと糸を吐く様子を描写したかったためだと思われる。

〈分類④：通常使われない名詞（対象）と一緒になったオノマトペ〉

4. 両生類

●蛙はどのように泳ぐのか？

蛙が田んぼや川などで泳ぐ様を描写するのに、まず思いつくのは「スイスイ」だろう。賢治はどのように蛙の泳ぎ方を描写しているのだろうか。

蛙が**ちぇっちぇっ**と泳ぐ

・ベン蛙とブン蛙はぶりぶり怒って、いきなりくるりとうしろを向いて帰ってしまいました。しやくにさわったまぎれに、あの林の下の堰《せき》を、ただ二足に**ちぇっちぇっ**と泳いだのでした。（蛙のゴム靴）

「ちぇっちぇっ」は賢治が創作したオノマトペであるが、一体どのような意味だろうか。右の文の主語はルラ蛙の結婚相手に選ばれなかった二疋の蛙であるが、右の文では彼らが怒っている精神状態にある中で堰を泳いでいる様子が描写されている。この二疋の蛙の精神状態を考慮すると、半ばやけっぱちになって速やかに泳いでいる様子が想像できよう。〈賢治のオリジナルなオノマトペ〉

蛙が**プイプイ**堰を泳ぐ

・そしてカン蛙は又ピチャピチャ林の中を歩き、**プイプイ**堰を泳いで、おうちに帰ってやっと安心しました。（蛙のゴム靴）

「プイプイ」は定着したオノマトペではなく、賢治が創作した独自のオノマトペと考えられるが、

軽やかにそして速やかに泳ぐ様子を描写しているように感じられる。〈賢治のオリジナルなオノマトペ〉

あまがえるが**キーイキーイ**といびきをかく

・そのうちにあまがえるは、だんだん酔がまわって来て、あっちでもこっちでも、**キーイキーイ**といびきをかいて寝てしまいました。(カイロ団長)

「キーイキーイ」は「キーキー」の異形態であり、両オノマトペは基本的には同じ意味を表す。これらのオノマトペはドアの軋《きし》む音のように、かたいものが擦れ合って立てる甲高い音を表す。右の例では、「キーイキーイ」があまがえるのいびきの音を描写するのに用いられているが、そもそもあまがえるがいびきをかくかどうか定かでないし、仮にそうだとしても聞いた人はいないだろう。あくまで賢治があまがえるが酔っぱらっていびきをかけば、このような音を発するのではないかと想像したにすぎないが、あまがえるのいびきをかいている情景が目に浮かぶくらいぴったりしたオノマトペを創造的に使っている。〈分類⑤:通常使われない名詞および動詞と一緒になったオノマトペ〉

とのさまがえるが**チクチク**汗を流す

・とのさまがえるは**チクチク**汗を流して、口をあらんかぎりあけて、フウフウといきをしました。（カイロ団長）

『日本語オノマトペ辞典』には、古語として「チクチク」が量的に些細なことがだんだん積み重なる様、こきざみな動きが繰り返される様を表すと記されている。右の例では、「とのさまがえるが少しずつ汗を流す」や「汗がからだ中少しずつ出る」という意味で用いられている。〈古いオノマトペ〉

5. その他

蠍《さそり》が長い尾を**カラカラ**引く・蠍が尾を**ギーギー**引きずる

・「大鳥さん。それはいけないでしょう。王様がご存じですよ。」という間もなくもう赤い眼の蠍星が向うから二つの大きな鋏《はさみ》をゆらゆら動かし長い尾を**カラカラ**引いてやって来るのです。（双子の星）

・蠍は尾を**ギーギー**と石ころの上に引きずっていやな息をはあはあ吐いてよろりよろりとあるくのです。（双子の星）

右の二つの例文は同じ作品の中から採取したものであるが、賢治は蠍が尾を引きずる音ないし動作を「カラカラ」と「ギーギー」という異なったオノマトペで描写している。「カラカラ」は金属製や木製のものなど、かたいものが触れ合って立てる明るく響く音を表す。一方「ギーギー」はものが盛んに軋んで出る大きく鈍い音を表す。このように両者は対照的な音を描写する。

では、なぜ賢治は同じ動作を対照的なオノマトペで描写しているのだろうか。「カラカラ」に関しては、蠍の尾はかたくてそれがかたい地面と接触したときに「カラカラ」という乾いた明るい音がするだろうと賢治は考えたのだろう。他方「ギーギー」に関しては、蠍の尾はかたいが節に分かれ曲げられる。蠍が石ころの上に尾を引きずると尾の節が曲がり、そのとき「ギーギー」という軋む音がすると賢治は想像したのだろう。「カラカラ」と「ギーギー」を使い分けている理由は、蠍の歩き方の違いによるものであろう。足取りが軽く歩いている場合には、軽快な「カラカラ」を用い、息も絶え絶えに足取りが重く歩いている場合には、尾を引きずって歩かざるを得ないため「ギーギー」を用いているのである。両者の使い分けは、賢治の繊細な語感の表れであろう。〈分類⑤：通常使われない名詞および動詞と一緒になったオノマトペ〉

《植物の動作》

動物もさることながら、自然をテーマにした作品も多いことから、植物の動作を表すオノマトペも見られる。賢治らしい感性豊かなオノマトペによる表現を見ていこう。

●木々はどのような音を立てるのか？

風に吹かれて木々が揺れて音を立てるとき、どのような表現をするだろうか。激しく揺れるのであれば、「がさがさ」「ざわざわ」などを使い、少し揺れるのであれば、「かさかさ」「さわさわ」などを使うのではないだろうか。賢治は「木が鳴る」という表現をしており、またそこで使われているオノマトペも面白い。

木が**ごとんごとん**と鳴る

・風がどうと吹いてきて、草はざわざわ、木の葉はかさかさ、木は**ごとんごとん**と鳴りました。（注文の多い料理店）

・遠くの方の林はまるで海が荒れているように**ごとんごとん**と鳴ったりざっと聞えたりするのでした。（風の又三郎）

「ごとんごとん」は重く大きいものが連続的にぶつかったり、時間をかけて動くときの規則的な鈍い音を表す。最初の例では、主語が「木」であるが、木の枝、それも太い枝がぶつかり合って出す音を描写していると考えられる。二番目の例では、主語が林で、林自体がごとんごとんと鳴っているのではなく、林の中の木の太い枝がぶつかり合っている音を描写している。いずれも、かなり強い風のために木が大きく揺れている情景が目に浮かぶ。この「ごとんごとん」の使い方は賢治の創造的な用法であると言えるだろう。〈分類③：通常使われない名詞（主体）と一緒になったオノマトペ〉

かちんかちんと葉と葉がすれあう音

・…はんの木はほんとうに砕けた鉄の鏡のようにかがやき、**かちんかちん**と葉と葉がすれあって音をたてたようにさえおもわれ…（鹿踊りのはじまり）

「かちんかちん」は金属などの軽くかたいものが何度もぶつかって立てる音を表す。右の例では、「かちんかちん」ははんの木の葉と葉が擦れ合って立てる音を描写するのに用いられているが、はんの木自体「砕けた鉄の鏡のようにかがやき」と描写されており、はんの木の葉が砕けた鉄の鏡のかけらに喩えられていて、それらが触れ合うときに発する音を「かちんかちん」と描写している。このように、「かちんかちん」だけでなく文全体が比喩的表現になっている。〈分類⑥比喩的に使ったオノマトペ〉

むくむくの苔

・そして二人はどこまでもどこまでも、**むくむく**の苔やひかげのかつらをふんで森の奥の方へはいって行きました。（十力の金剛石）

「むくむく」は「入道雲がむくむく湧き上る」のように、様態副詞として用いられるが、結果副詞として用いられることはなく、「むくむくの苔」という使い方はしない。通常逸脱していると考えられるこのような使い方は賢治特有の用法である。「むくむくの苔」という表現から、柔らかく盛り上がった苔が想像できる。〈分類⑧：様態副詞のオノマトペを結果副詞的に使ったオノマトペ〉

鈴蘭が**しゃりんしゃりん**と鳴る

・風が来たので鈴蘭は、葉や花を互にぶっつけて、**しゃりんしゃりん**と鳴りました。〈貝の火〉

「しゃりんしゃりん」は『日本語オノマトペ辞典』の語彙項目に挙げられているが、唯一の例文が右の賢治の例文だけである。したがって、このオノマトペは賢治が創作した独自の非慣習的オノマトペと見なすべきだろう。現実の世界では、風が吹いて鈴蘭が葉や花を互いにぶつけても、おそらく何の音も聞こえないが、童話の世界では音が鳴り、その音を描写するのに賢治は「しゃりんしゃりん」というオノマトペを創作したのである。鈴蘭の花はその名が示すとおり、小さい白い鈴のようであり、それが葉にぶつかるときあたかも鈴が鳴るかのようにその音を「しゃりんしゃりん」を用いて描写したと考えられるが、普通鈴が鳴る音は「ちゃりんちゃりん」で表現されるだろう。しかし、鈴蘭の花の鈴が鳴れば、「ちゃりんちゃりん」のような鮮明な音ではなくもう少し抑えた柔らかい音がするのではないかと賢治は考えて「ちゃりんちゃりん」の「ちゃ」を「しゃ」に変えて「しゃりんしゃりん」を創作したと想像できる。〈第3章の【別の子音に変える法則】によって創作されたオノマトペ〉

りんどうの花が**ギギン**と鳴る

・りんどうの花はそれから**ギギン**と鳴って起きあがり、ほっとため息をして歌いました。〈十力

の金剛石）

　この例では、「ギギン」という賢治の創作オノマトペは頭を下げているりんどうの花が頭を持ち上げるときに出る音を描写したものと考えられるが、普通のりんどうの花ならこのような音を立てるはずがない。しかし、当該作品に登場するりんどうの花は天河石でできているので、頭を持ち上げる際の音を「ギギン」という石や金属のようなかたいものが軋む音を使って描写していると考えられる。〈賢治のオリジナルなオノマトペ〉

栗の木が湯気をホッホッと吹き出す

・その時栗の木が湯気を**ホッホッ**と吹き出しましたのでネネムは少し暖まって楽になったように思いました。（ペンネンネンネンネン・ネネムの伝記）

「ホッ」は安心したり、緊張などから解放されてため息をつく様を表す慣習的オノマトペであり、「ホッホッ」は形態的には「ホッ」が反復した形態になっているが、「ホッ」が表す意味とは全く関係がない。通常、息を吐き出したり湯気を噴出したりする音ないしその様子を描写するのに用いられるオノマトペは「ホッ」ではなく「ふっ」である。実際賢治は同じ作品のなかで「見るとすぐ頭の右のばけもの栗の木がふっふっと湯気を吐いていました。（ペンネンネンネンネン・ネネムの伝記）」のように、「ふっ」を反復させた「ふっふっ」で湯気を吐く音ないし様を描写している。では、賢治は湯気を吐く音ないし様を描写するのになぜ「ふっふっ」と「ホッホッ」の二つのオノマトペを使ったのだろうか。「ふっふっ」と「ホッホッ」では、吐く湯気の量が微妙に異なるような気がする。すなわち、「ホッホッ」の方が「ふっふっ」よりも吐く湯気が多いように感じられるのである。このように、「ほっほっ」は「ふっふっ」を基に創作されたと仮定できるのではないだろうか。〈第3章の【別の母音に変える法則】によって創作されたオノマトペ〉

栗はころころぱちぱち

・狼森のまんなかで、火はどろどろぱちぱち　火はどろどろぱちぱち、栗は**ころころぱちぱち**、栗はころころぱちぱち。（狼森と笊森、盗森）

「ころころぱちぱち」は栗が転がる様を表す「ころころ」と栗がはじける「ぱちぱち」が組み合わさったものである。ここでも、オノマトペの組み合わせにより、臨場感溢れる表現となっている。〈二つのオノマトペが組み合わさったオノマトペ〉

《人の動作》

　自然現象や動植物に関する賢治独特のオノマトペを見てきたが、やはり何といっても人の動作に関するオノマトペには多数の賢治独特の表現があり、興味がそそられる。

1. 手が関わっている動作

●どのように切るのか？　殴るのか？

　手が関わっている動作には、ものを切ったり、何かを殴ったり、何かを擦ったり、数え切れないほどの動作がある。例えば、刀で竹を切る場合には「スパッ」と切るだろうし、顔を拳で思いっきり殴る場合には「ガン」と殴るだろうし、鍋をタワシで擦る場合には「ごしごし」擦るなど様々なオノマトペによる表現が思いつくだろう。人の動作に関しても、賢治はありきたりのオノマトペではなく非常にユニークなオノマトペを用いているので、一緒に見てみよう。

スポンと切る

・その太い首を**スポン**と切られるぞ。（カイロ団長）
・「さあ来い。へたな方の一等から九等までは、あしたおれが**スポン**と切って、こわいとこへ連れてってやるぞ。」（かしわばやしの夜）

「スポン」は「スポンとはまる」や「スポンと抜ける」のように、ものがうまい具合に一息にはまったり抜けたりする音ないしその様を表す慣習的オノマトペであり、通常、「切る」という動詞と一緒に用いられることはない。右の例文のコンテクストでは読者の皆さんはおそらく「スパッ」というオノマトペを用いるだろう。では、このように「切る」という動詞と一緒に使うことができない「スポン」をなぜ賢治は使ったのだろう。「スポンと切る」という表現からは、単に首や身体が切られるのではなく一息に何の抵抗もなくスムーズに切断される様子が想像され、賢治はおそらくこのようなニュアンスを伝えたかったのではないだろうかと思われる。〈分類①：通常使われない動詞と一緒になったオノマトペ〉

ばらんと切る

・王子は面倒臭くなったので剣をぬいていきなり小藪を**ばらん**と切ってしまいした。（十力の金剛石）

「ばらん」は日本語として定着したオノマトペではないが、「ばら」を語基に持つ「ばらっ」や「ばらり」という慣習的オノマトペは存在する。この「ん」（撥音）を伴った形態（「ばらん」）が欠如しているが、日本語オノマトペとしては潜在的に可能な形態であり、たまたま「ばら」という語基に関して撥音形がないだけで、賢治はこのギャップを埋めて「ばらん」を創作したと考えられる。「ばらん」は右の例で小藪を一気に切る様を描写している。〈ギャップを埋めるオノマトペ〉

どしりどしりとなぐる

・ところが平二は人のいい虔十などにばかにされたと思ったので急に怒り出して肩を張ったと思うといきなり虔十の頬をなぐりつけました。**どしりどしり**となぐりつけました。（虔十公園林）

「どしりどしり」は慣習的オノマトペ「どしり」の反復した形態であり、「どしり」は「どしりと尻餅をつく」のように、重いものがぶつかったときの低い鈍い音ないしその様を表すが、右の例に見られる「どしりどしりとなぐりつける」という表現は珍しい賢治特有の用法である。私たちはこのような表現を使うことはまずないが、この特殊な表現から、何度も強く殴りつけたことが読み取れる。また、その殴り方には重みが感じられることから、平二はかなり大柄な人をイメージさせる。賢治の独特なオノマトペは読者の想像力を掻き立てる効果があるのである。〈分類①：通常使われない動詞と一緒になったオノマトペ〉

こてっとぶつ

・**こてっ**とぶたれて散歩しながら豚はつくづく考えた。（フランドン農学校の豚）

「こてっ」は日本語語彙として定着したオノマトペであるが、「こてっとした料理」や「こてっとしたメイク」のように用いられ、量の多い様や、味わいやありさまが濃厚な様を表す。右の例のように、「こてっとぶたれる」という形式で使われることはまずないだろう。この耳慣れない表現から、一体どのような光景を思い浮かべることができるだろうか。ぶたれるのが豚ということを考慮に入れると、豚は脂肪が多いため、そのことを「こてっ」で描写することは可能であるかもしれない。脂肪がたっぷりのった豚をぶつとこてっとした感触が得られることからこのような表現を使ったのだろうか。〈分類①：通常使われない動詞と一緒になったオノマトペ〉

また、「こてっとぶたれる」の別の解釈としては、「いやというほどひどくぶたれる」が考えられる。慣習的な「こてっ」自体には「いやというほど」や「ひどく」という意味を持っていないが、「こてっ」と同じ語基（「こて」）を持つ「こってり」というオノマトペがある。「こってり油をしぼられる」という表現から明らかなように、このオノマトペには「ひどく」というような意味がある。このことから、賢治は「いやというほど」や「ひどく」という意味を表す「こってり」と同じ意味で「こてっ」を使ったのかもしれない。いずれの解釈を賢治が意図していたかは知る術もないが、後の解釈の方が文の意味としては自然でそのように解釈するのが一般的だと考えられる。しかし、賢治のことだから、意図的に曖昧な表現を使って、その解釈を読者に委ねるということを目論んでいたのかもしれない。〈ギャップを埋めるオノマトペ〉

両足を両手で**ぱしゃぱしゃ**叩く

・おまけに鞍と将軍も、もうすっかりとはなれていて、将軍はまがった両足を、両手で**ぱしゃぱしゃ**叩いたし、馬は俄かに荷がなくなって、さも見当がつかないらしく、せなかをゆらゆらゆすぶった。（北守将軍と三人兄弟の医者）

「ぱしゃぱしゃ」は基本的にはたて続けに水面を叩いたりするときに発する水飛沫《しぶき》の音を表すが、賢治は水飛沫の音だけではなく、手などの平たいもので足などのものを叩くときの乾いた軽い音を

描写するのにも用いたと考えられる。〈分類④：通常使われない名詞（対象）と一緒になったオノマトペ〉

別の解釈として、「ぴしゃぴしゃ」から「ぴ」を「ぱ」に、すなわち母音「い」を「あ」に変える法則に基づいて「ぱしゃぱしゃ」が創作されたと考えられるかもしれない。この場合、将軍の手は大きくて叩く音が大きいことが示唆される。〈第3章の【別の母音に変える法則】によって創作されたオノマトペ〉

ポツンポツンとむしる

・耕平のおかみさんは、（葡萄の粒を）**ポツンポツン**とむしっています。（葡萄水）

「ポツンポツン」は同じ種類のものが小さな状態で散在している様を表し、「ポツンポツンとむしる」という使い方は稀で非慣習的である。「ポツンポツンとむしる」という表現から、どのような情景を思い浮かべるだろうか。「ポツンポツンと言う」という表現が、一言一言告白する場合に用いられることを考えると、「ポツンポツンとむしる」という表現からは、おかみさんが葡萄の粒を一粒一粒丁寧にむしっている光景が想像できるのではないだろうか。このような「ポツンポツン」の使い方は賢治の想像力の豊かさを示していると言えるだろう。〈分類①：通常使われない動詞と一緒になったオノマトペ〉

葡萄のつぶを**パチャパチャ**むしる

・耕平は、さっき頬っぺたの光るくらいご飯を沢山喰べましたので、まったく嬉しがって赤くなって、ふうふう息をつきながら、大きな木鉢へ葡萄のつぶを**パチャパチャ**むしっています。（葡萄水）

「パチャパチャ」は何かが水面を軽く打つ音を描写する慣習的オノマトペである。右の例のように、私たちは「葡萄のつぶをパチャパチャむしる」という表現を用いることはまずないだろう。しかしながら、右の例では、葡萄の粒を一粒ずつ丁寧にむしるおかみさんとは対照的に耕平が数粒無造作にむしりとり、葡萄の汁が飛び散る様子を描写しようとして、「葡萄のつぶをパチャパチャむしる」という表現が用いられたと考えられる。この賢治独特の表現から、耕平が葡萄の汁を飛ばしながら懸命に葡萄の粒をむしって大きな木鉢へ投げ入れている様子が思い浮かぶ。〈分類⑤：通常使われない名詞および動詞と一緒になったオノマトペ〉

葡萄の房を**パチャン**と投げる

・耕平の子は、葡萄の房を振りまわしたり、**パチャン**と投げたりするだけです。（葡萄水）

「パチャン」は、通常、ものが水面に落ちたときに発する軽い水飛沫の音を表すが、右の例文では、水飛沫の音ではなく葡萄の房を地面に投げたときに発する音を描写するのに用いられている。このような「パチャン」の使い方は賢治独特であるが、葡萄の房を地面に投げつけると、葡萄には水分が多量に含まれているために、何かが水面に落ちるときに発する音と同じような音がすると思われるので、この賢治独特の使い方は理解しやすいだろう。〈分類⑤：通常使われない名詞および動詞と一緒になったオノマトペ〉

ペタペタしばる

・見る見る監督どもが、みんな**ペタペタ**しばられて十五分もたたないうちに三十人というばけものが一列にずうっとつづいてひっぱられて来ました。（ペンネンネンネンネン・ネネムの伝記）

「ペタペタ」は「ペタペタくっつく」のように、ものが軽く粘り付く様や、「ペタペタ貼る」のように、至る所にものを貼り付けたりする様を表す。右の例では、「ペタペタ」が「しばる」という動詞と一緒に使われているが、私たちは「ペタペタしばる」などとはけっして言わないと思うので、このような表現はきわめて違和感のある賢治独特の使い方である。しかしながら、この特殊な表現から、みんなくっついて離れないようにしっかり縛られている光景が鮮明に目に浮かぶようで、賢治の「ペタペタ」を「しばる」という動詞と結びつける感性はさすがと言えるだろう。〈分類①：通常使われない動詞と一緒になったオノマトペ〉

がぶがぶそそぐ

・助手がすぐエーテルの瓶を持って来る。／サラバアユウ先生は／手ばやくそれを受けとって／将軍の足に**がぶがぶ**そそぐ。〔三人兄弟の医者と北守将軍〔韻文形〕〕

「がぶがぶ」は酒や水などを勢いよくむさぼるように飲む様を表し、「がぶがぶそそぐ」のようには使われない。「そそぐ」と一緒に用いられるオノマトペは「がぶがぶ」といわば反対の意味を表す「どくどく」である。「どくどく」と「がぶがぶ」は、一緒に用いられる動詞がそれぞれ「注ぐ」と「飲む」といった具合に異なるが、関わっている液体の量はいずれも多いことが示唆され、右の例では、エーテルが多量に勢いよく将軍の足に注がれている光景が想像できる。後で述べる「どくどく呑む」の例と「がぶがぶそそぐ」の例から、賢治は「どくどく」と「がぶがぶ」を特に区別しないで用いたようである。〈分類②：通常一緒に用いられている動詞と正反対の意味の動詞と一緒に使われるオノマトペ〉

ぱたっと両手を鳴らす・手を**ぱっ**と拍つ

・にわかに**ぱたっ**と楽長が両手を鳴らしました。〈セロ弾きのゴーシュ〉
・ほっと安心しながら、つづけて弾いていますと楽長がまた手を**ぱっ**と拍ちました。〈セロ弾きのゴーシュ〉

右の二つの例文において、両手を鳴らす音ないし動作を描写するのに、「ぱたっ」「ぱっ」が用いられているが、「ぱたっ」は突然倒れたり、戸が閉まったりする音を表すのに用いられ、「ぱっ」は急で勢いのある様を表す。両手を打つ音や動作は普通「ぱちっ」というオノマトペで描写される。賢治が「ぱたっ」や「ぱっ」を用いたのはいずれのオノマトペも「急に」や「突然」という意味を持っており、その意味を利用したと考えられる。すなわち、例文中で用いている「ぱたっ」や「ぱっ」は擬音語ではなく擬態語として使われていると思われる。〈分類⑤：通常使われない名詞および動詞と一緒になったオノマトペ〉

(セロを)**ごうごう**と鳴らす・**ごうごうごうごう**弾く

・さっきまであれ位**ごうごう**と鳴らしておいでになったのに、病気になるといっしょにぴたっと音がとまってもうあとはいくらおねがいしても鳴らしてくださらないなんて。何てふしあわせな子どもだろう。(セロ弾きのゴーシュ)

・譜をめくりながら弾いては考え考えては弾き一生けん命しまいまで行くとまたはじめからなんべんもなんべんも**ごうごうごうごう**弾きつづけました。(セロ弾きのゴーシュ)

「ごうごう」は重く鳴り響く大きな音や大きないびきの音を表すのに用いられる。バイオリンの弾く音、特に下手に弾く音は「ぎこぎこ」で描写されるが、チェロを弾く音を描写する慣習的なオノマトペは日本語には存在しない。それで賢治は重く鳴り響く音を表す慣習的オノマトペ「ごうごう」をチェロを弾く音に当てたのだろう。ちなみに二番目の例で「ごうごう」を反復させた「ごうごうごうごう」が用いられているのは、何度も何度も繰り返し弾き続けたことを表すためである。

〈分類⑤:通常使われない名詞および動詞と一緒になったオノマトペ〉

ごうごうがあがあ弾く

・ゴーシュはおっかさんのねずみを下におろしてそれから弓をとって何とかラプソディとかいうものを**ごうごうがあがあ**弾きました。(セロ弾きのゴーシュ)

「ごうごうがあがあ」はいずれもチェロを弾く音を表す、賢治独特のオノマトペ「ごうごう」と「があがあ」が組み合わさったものである。〈二つのオノマトペが組み合わさったオノマトペ〉

ぽくりぽくりと芝を起こす

・そして納屋から唐鍬《とうぐわ》を持ち出して**ぽくりぽくり**と芝を起して杉苗を植える穴を堀りはじめました。（虔十公園林）

「ぽくりぽくり」は馬がゆっくりと規則正しく歩く様を描写するのに用いられる。賢治はなぜ右の例文で唐鍬で芝を起こす動作を「ぽくりぽくり」を使って描写したのだろうか。推測にすぎないが、馬が歩く動作と鍬で芝を掘り起こす動作がいずれもゆっくりと規則正しく行われるという点でよく似ているので、賢治は馬の歩く動作を描写する「ぽくりぽくり」を鍬で芝を掘り起こす動作に当てはめたと考えられないだろうか。〈分類⑤：通常使われない名詞および動詞と一緒になったオノマトペ〉

髪を**ぱちゃぱちゃ**やる

・風野又三郎だって、もうガラスのマントをひらひらさせ大よろこびで髪を**ぱちゃぱちゃ**や

りながら野はらを飛んであるきながら春が来た、春が来たをうたっているよ。（イーハトーボ農学校の春）

「ぱちゃぱちゃ」は軽く水面を打つ音ないしその様を表す慣習的オノマトペであるが、右の例文は髪が靡《なび》いている様子を水飛沫《しぶき》に喩えた比喩的表現であると思われる。すなわち、髪の毛がまるで指で水面を叩くかのように靡いている（上下に動いている）様子がイメージされるのではないだろうか。〈分類⑥：比喩的に使ったオノマトペ〉

かさかさ薄い麻を着る

・王は早速許されたので、その場でバーユー将軍は、鎧もぬげば兜もぬいで、**かさかさ**薄い麻を着た。（北守将軍と三人兄弟の医者）

「かさかさ」は乾いたものが擦れ合って発する軽い音を表すが、右の例のように、「かさかさ薄い麻を着た」といった表現は慣習的ではない。この文の意味を考えてみると、薄い麻を着るときにかさかさという音が鳴ったと理解できる。そうだとすれば、「かさかさ薄い麻を着た」という表現は「かさかさ〔いわせて・音を立てて〕薄い麻を着た」から動詞表現が省略されて創られたと考えら

れるだろう。〈分類⑨：動詞が省略されたオノマトペ〉

むちをひゅうぱちっとならす

・別当がむちを**ひゅうぱちっ**とならしましたのでどんぐりどもは、やっとしずまりました。やまねこは、ぴんとひげをひねって言いました。（どんぐりと山猫）

「ひゅうぱちっ」は鞭を振り回したときに出る音を表す「ひゅう」と鞭がものに当たったときに発する音を表す「ぱちっ」が組み合わさったものである。オノマトペを組み合わせることにより、より状況をリアルに表現する賢治の手法である。〈二つのオノマトペが組み合わさったオノマトペ〉

のっしりと着込む・**どふっ**とはく

・せなかに大きな桔梗の紋のついた夜具を**のっしり**と着込んで鼠色の袋のような袴を**どふっ**とはいて居りました。（紫紺染について）

『日本語オノマトペ辞典』には辞書項目として「のっしり」が挙げられているが、現代ではほとんど使われていないと思われる。「のっしり」の意味として落ち着いて重々しい様や重厚であったり鷹揚である様を表すと記されている。右の例では、「夜具をゆったりと着込んで」という意味だろう。〈古いオノマトペ〉

「どふっ」は賢治が創作した非慣習的オノマトペであるが、このオノマトペの音の響きから何となく重々しいニュアンスが感じ取れる。「袴をどふっとはいて居ました」という表現からは、だぶだぶの大きすぎる袴を仰々しくはいているイメージが連想されるが、どうだろうか。〈賢治のオリジナルなオノマトペ〉

きっきと手で押す

・ホトランカン先生は／それ（噴霧器）を**きっき**と手で押して／将軍のしらが頭の上に／はげしく霧を注ぎかける。（三人兄弟の医者と北守将軍〔韻文形〕）

『日本語オノマトペ辞典』によると、「きっき」は動作に迷いや滞りがない様を表す古語と記されているが、現代では全く用いられないオノマトペだと思われる。右の例文では、「きっき」は「さっさ」ないし「きびきび」と同義で用いられており、手際よい動作が描写されていると考えられる。〈古いオノマトペ〉

ごわりと袴のもも立ちを取る

・さむらいはふところから白いたすきを取り出して、たちまち十字にたすきをかけ、**ごわり**と袴のもも立ちを取り、とんとんとんと土手の方へ走りましたが、一寸かがんで土手のかげから、千両ばこを一つを持って参りました。（とっこべとら子）

「ごわり」は日本語として定着したオノマトペではないが、形態的に関係があると思われる「ごわごわ」という慣習的オノマトペがある。「ごわり」は「ごわごわ」の語基「ごわ」に「り」を付けて創作されたと考えられる。「ごわごわ」はこわばった紙や布などが擦れ合って立てる音ないし紙や布などがかたくこわばっている様を表す。右の例では、ごわごわしたこわばったかたい袴のもも立ちを取ったときの音ないしその様子を描写するのに「ごわり」という創作オノマトペを用いたと考えられる。〈ギャップを埋めるオノマトペ〉

ぷらんと手でぶら下げる

・思わずくらげを**ぷらん**と手でぶら下げてそっちをすかして見ましたらさあどうでしょう。（サガレンと八月）

「ぷらん」というオノマトペは日本語として定着していないが、これとよく似た意味と形態を持つと考えられる慣習的オノマトペとして「ぷらぷら」「ぷらっ」「ぷらり」がある。つまり、「ぷら」という語基を持つ「ぷらん」にギャップがあるわけである。賢治は「ぷらん」という非慣習的オノマトペを創作して結果としてそのギャップを埋めたことになる。〈ギャップを埋めるオノマトペ〉

2. 足が関わっている動作

●どのように歩くのか？　登るのか？

手が関わっている動作を見てきたが、足が関わっている動作も歩いたり、立ったり、坂を登ったり、数え切れないほどの動作がある。例えば、ゆっくり歩く場合には「のろのろ」歩くだろうし、ゆっくり立つ場合には「のっそり」立つだろうし、逆に速足で坂を登る場合には「ずんずん」登るなど様々なオノマトペによる表現がある。

坂をうずうずのぼって行く

・さて将軍の馬の方は、／坂を**うずうず**のぼって行く／六七本の病気の木を、／けとばしたりはねとばしたり／みしみし枝を折ったりする。（三人兄弟の医者と北守将軍［韻文形］）

「うずうず」には、主に二つの意味があり、一つの意味では腫れものなどの痛みを感じ続ける様を表し、もう一つの意味では何かをしたくてたまらない様、落ち着いていられない気持ちになる様を表す。いずれの意味においても、「うずうず」は「のぼって行く」という動詞と一緒に用いられることはない。したがって、「うずうずのぼって行く」という表現は賢治独特の表現である。しかしながら、うずうず登って行くのが病気の木であることを考えると、「うずうずした痛みを感じながら登って行く」と解釈できるのではないだろうか。〈分類⑥：比喩的に使ったオノマトペ〉

別の解釈として、「うずうず」は「ぐずぐず」とほぼ同義で、すなわちゆっくりと遅い様を表すのに用いられると考えられ、この場合病気の木がゆっくりのらりくらりと坂を登って行く光景がイメージできるのではないだろうか。いずれにしても、病気の木が登っていく様子が擬人的に描写されている。〈分類①：通常使われない動詞と一緒になったオノマトペ〉

草を**どしゃどしゃ**ふむ

・参ります、参ります。日暮れの草を**どしゃどしゃ**ふんで、もうすぐそこに来ています。やって来ました。（葡萄水）

「どしゃどしゃ」は、「どしゃ降り」という表現から想像できるように、大量の雨が激しく降る音ないしその様を表し、それ以外のコンテクストには用いられない。右の例では、「どしゃどしゃ」が草を踏む様態を描写していると考えられるが、一体どのような情景を思い浮かべるだろうか。賢治はおそらく、草にはかなりの水分が含まれていて、踏むと「どしゃどしゃ」といった音が鳴るのではないかと読者に想像させる意図で、「草をどしゃどしゃふむ」という表現を用いたと考えられる。〈分類⑤：通常使われない名詞および動詞と一緒になったオノマトペ〉

靴を**かたっ**と鳴らす

・若いお父さんは、その青白い時計をチョッキのポケットにはさんで靴を**かたっ**と鳴らしました。（氷と後光（習作））

「かたっ」は「雨戸がかたっと外れた」や「机の上の写真がかたっと倒れた」のように、かたいものが急に動いたり、落ちたり、ぶつかったりするときの乾いた音を描写するが、右の例のように、靴を鳴らす音を描写するのには用いられない。靴を鳴らす音は、一般に「かつっ」というオノマトペで表される。したがって、右の例に見られる「かたっ」は賢治独特の非慣習的な使い方である。〈分類④：通常使われない名詞（対象）と一緒になったオノマトペ〉

農園の入り口で**きくっ**と曲る

・（洋傘直し、洋傘直し、なぜ農園の入口でおまえは**きくっ**と曲るのか。農園の中などにおまえの仕事はあるまいよ。）（チュウリップの幻術）

「きくっ」は慣習的オノマトペではないと思われるが、対応する「ぎくっ」という慣習的オノマトペがあり、ものが急に折れ曲がる様を表す。実際賢治は「豚は口をびくびく横に曲げ、短い前の右肢を、きくっと挙げてそれからピタリと印をおす。（フランドン農学校の豚）」の文の中で「きくっ」を「ぎくっ」と同様の意味で用いている。右の例でも賢治は『フランドン農学校の豚』の中の文と同義で使ったと考えられるが、「入り口できくっと曲がる」といった表現は、仮に「きくっ」の代わりに「ぎくっ」を使ったとしても、慣習的な使い方とは言えないだろう。右の文に見られる「きくっ」の使い方はやはり賢治独特の比喩的用法だろう。〈分類⑥比喩的に使ったオノマトペ〉

ペタペタペタペタ出て参る

・すると家の中から**ペタペタペタペタペタ**沢山の沢山のばけものどもが出て参りました。（ペンネンネンネンネン・ネネムの伝記）

「ペタペタペタペタ」は慣習的オノマトペ「ペタペタ」をさらに反復させた形態であるが、「ペタペタ」は足音を表すのに用いられる。その意味では、右の例における「ペタペタペタペタ」というオノマトペの使用は文の意味と矛盾するものではなく整合している。しかしながら、一緒に使われている動詞との関係について厳密に言うと、少し違和感がある。このオノマトペと一緒に使われる動詞は、通常、「足音を立てる」や「いわせる」であろう。したがって、右の例文は「ペタペタペタペタ〔足音を立てながら・いわせながら〕」が正確な表現であり、述語が省略された文と考えるのが適切だろう。また、「ペタペタペタペタ」が用いられているのは、ばけものが一人ではなく沢山いることを表すためである。〈分類⑨動詞が省略されたオノマトペ〉

のっこり立つ

・達二は笑いました。そして、（ふん。なあに、何処かで、**のっこり**立ってるさ。）と思いました。（種山ヶ原）

『日本語オノマトペ辞典』には、「のっこり」という項目が挙げられていて、のんきに落ち着いている様を表すと記されているが、私たちはこのオノマトペを普段使ったこともないし、おそらく聞いたこともないだろう。この珍しいオノマトペの意味は辞書の通りで、例文においてものんきに立

っているという意味で使われていると考えられる。〈古いオノマトペ〉

にゅうと遁《に》げる

・それからみんなは**にゅう**と遁《に》げるようなかたちになった。（税務署長の冒険）

『日本語オノマトペ辞典』には、辞書項目として「にゅう」が挙げられているが、現代ではほとんど使われていないと思われる。このオノマトペの意味は突然つき出てくる様を表すと記されているが、右の例では、つき出てくるのではなく遁《に》げる様子を描写している。おそらくは「突然一斉に」という意味か。〈古いオノマトペ〉

ゆるゆる歩く

・さあ、**ゆるゆる**歩いて明るいうちに早くおうちへお帰りなさい。（双子の星）

『日本語オノマトペ辞典』には「ゆるゆる」の一つの意味として、動作が遅く落ち着いている様を表すと記されているが、現代日本語では、右の例のように、「ゆるゆる歩く」という表現は稀で、

通常、「ゆっくり歩く」という表現を用いる。〈古いオノマトペ〉

3．口が関わっている動作

●どのように呟くのか？　呑むのか？

口が関わっている動作も多数ある。呟いたりささやいたりすることもあれば、飲んだり食べたりすることもあり、挙げるとキリがない。これらの動作をオノマトペで表現する場合、「ぶつぶつ」呟く、「こっそり」ささやく、「がぶがぶ」（お酒を）呑む、「がつがつ」食べるなど様々なオノマトペが存在する。では、賢治の独特なオノマトペはどのようなものだろう。

口を**びくびく**まげる

・子供は口を**びくびく**まげて泣きながらまた起きあがろうとしました。（水仙月の四月）

・タイチは髪をばちゃばちゃにして口を**びくびく**まげながら前からはひっぱられうしろからは押されてもう扉の外へ出そうになりました。（氷河鼠の毛皮）

先に見たように、このオノマトペの典型的な使い方は「びくびく震える」や「びくびくおびえる」などで、「びくびくまげる」とは言わないだろう。右の例に見られる「口をびくびくまげる」という使い方は特殊で賢治独特であるが、何らかのネガティブな原因で口を震わせながら曲げている様子が連想される。〈分類①：通常使われない動詞と一緒になったオノマトペ〉

ごそごそっとつぶやく

・ところがその返事はただ**ごそごそごそっ**とつぶやくように聞えました。(谷)

「ごそごそごそっ」は慣習的な「ごそごそ」の異形態であるが、基本的に「ごそごそ」と同じ意味を持ち同じ使われ方をする。「ごそごそ」は人目をはばかって落ち着きのない行動をする様を表すが、右の例の「ごそごそっとつぶやく」のように、話し方を描写するのには用いられない。したがって、右の例に見られる「ごそごそごそっとつぶやく」という表現は賢治特有の非慣習的な使い方であるが、「ぼそぼそ」や「ぼそぼそぼそっ」とほとんど同義であると思われる。〈分類①：通常使われない動詞と一緒になったオノマトペ〉

別の解釈としては、「ごそごそごそっ」が「こそこそこそっ」という無声のオノマトペから「こ」を「ご」に変える「有声化」と呼ばれる法則を経て創作されたとも考えられる。〈第3章の【音を濁らせる法則】によって創作されたオノマトペ〉

がやがやと読み上げる

・それですから、何かの儀式でネネムが式辞を読んだりするときは、その位を読むのがつらいので、それをあらかじめ三十に分けて置いて、三十人の部下に一ぺんに**がやがや**と読み上げて貰うようにしていましたが、それでさえやはり四分はかかりました。（ペンネンネンネンネン・ネネムの伝記）

「がやがや」は大勢の人が騒がしいほど立てる声を描写する。したがって、通常、「がやがや騒ぐ」や「がやがや騒がしい」という使われ方をする。右の例では、「がやがや」が「読み上げる」という動詞と一緒に用いられているが、この動詞との関係は一般的ではなく、通常は一緒に用いられない。しかし、三十人の部下が一ぺんに別々の位を読み上げると、その声はがやがやと騒がしく聞こえ、賢治はあえて「がやがやと読み上げる」という非慣習的な表現を使ったと考えられる。

〈分類①：通常使われない動詞と一緒になったオノマトペ〉

｛**どくどく・どくどくどくどくどく**｝のむ

・「ああありがとうございます。助かります。」と云いながらかたつむりはふきのつゆを**どくどく**のみました。（蜘蛛となめくじと狸）

・蛙は**どくどくどくどく**水を呑んでからとぼけたような顔をしてしばらくなめくじを見てから云いました。（寓話　洞熊学校を卒業した三人）

「どくどく」は、「すると森までがあっと叫んで熊はどたっと倒れ赤黒い血をどくどく吐き鼻をくんくん鳴らして死んでしまうのだった。（なめとこ山の熊）」に見られるように、通常、液体が続けて多量に流れ出たり溢れたりする音やその様を表す。右の例では「どくどく」が水などの液体を多量に呑む音ないし呑み方を描写するのに用いられているが、このような音ないし呑み方を表現するオノマトペは「どくどく」とはいわば反対の意味を表す「ごくごく」ないし「がぶがぶ」である。しかしながら、右の例に見られる「どくどく」の非慣習的な用法から、「どくどく」本来の意味に基づいて多量の液体を呑む様子が想像できる。〈分類②：通常一緒に用いられている動詞と正反対の意味の動詞と一緒に使われるオノマトペ〉

なお、山形県寒河江市の方言では、「水をごくごくと飲んでいたのよ」という意味で「水どぐどぐ飲んでだっけ」という表現を使うという指摘があり、右の例に見られる「どくどくのむ」という表現も東北方言の可能性がある。〈方言のオノマトペ〉

すっこすっこど葡萄ん酒呑む

・「うんにゃ。税務署に見っけらえれば、罰金取らえる。見っけらえないば、**すっこすっこ**ど葡萄ん酒呑む。」（葡萄水）

定かではないが、例文全体が東北弁で書かれているので、「すっこすっこ」はおそらくは岩手方言、少なくとも東北方言の可能性が大と考えられる。この非慣習的オノマトペの意味は「ごくごく」と同義で沢山という意味だろう。〈方言のオノマトペ〉

藤蔓《ふじづる》を**ふっ**と吐く

・タネリはおもわず、やっと柔らかになりかけた藤蔓を、そこらへ**ふっ**と吐いてしまって、その西風のゴスケといっしょに、大きな声で云いました。（タネリはたしかにいちにち噛んでいたようだった）

・藤蔓を一つまみ噛んでみても、まだなおりませんでした。そこでこんどは**ふっ**と吐き出してみましたら、ようやく叫べるようになりました。（タネリはたしかにいちにち噛んでいたようだった）

「ふっ」は「百姓どもはぎくっとし、オツベルもすこしぎょっとして、大きな琥珀のパイプから、ふっとけむりをはきだした。（オツベルと象）」に見られるように、通常、口をすぼめて息や煙を吐く音ないしその様を表し、右の例に見られるように、「やっと柔らかになりかけた藤蔓」のような固体には用いられない。したがって、右の例に見られる「ふっ」の使い方は気体だけでなく固体にまでその適用範囲を拡大した賢治独特の用法である。

小さい葡萄の種のような固体を口から吐き出す音ないしその様を描写するのに、通常、「ぷっ」を使うが、賢治は右の二つの例文で「ぷっ」ではなく「ふっ」を用いたのはなぜか考えてみよう。

実際、賢治は同じ作品の中で「タネリは、柔らかに嚙んだ藤蔓を、いきなりぷっと吐いてしまって、こんどは力いっぱい叫びました。」に見られるように、「ぷっ」を使っている。「ぷっ」が使われているこの例文と「ふっ」が使われている右の二つの例文を比べてみると、この例で口から吐き出したのは「柔らかに嚙んだ藤蔓」であるのに対して右の二例では、「やっと柔らかになりかけた藤蔓」や「一つまみ嚙んだ藤蔓」である。すなわち、「ふっ」と「ぷっ」のいずれを用いるかは、藤蔓が十分に嚙んで柔らかくなっているかどうかということが関係しているようである。十分嚙んで柔らかくなっている藤蔓の場合、形が整って小さくなっているので、口を閉じて息を止めて一気に解放すると簡単に吐き出せる。賢治はこの動作を描写するのに「ぷっ」を使ったと考えられる。他方十分嚙んで柔らかくなっていない藤蔓の場合、口を閉じて息を止めて一気に解放して吐き出す程小さく形が整っていないので、口を半開きにして吐き出す。この動作を「ふっ」で描写したと考えられるのではないだろうか。このような「ぷっ」と「ふっ」の使い分けから、賢治のオノマトペに対するこだわりが感じられる。ちなみに、「ぷ」は唇を閉じて息を止め一気に空気を解放させて発音するのに対し、「ふ」は唇を閉じないで上唇と下唇の間に空気を通して発音する。〈分類④：通常使われない名詞（対象）と一緒になったオノマトペ〉

ぱくぱく煙をふきだす

・それからゆっくり、腰からたばこ入れをとって、きせるをくわいて、**ぱくぱく**煙をふきだした。（さいかち淵）（風の又三郎）

『日本語オノマトペ辞典』では、「ぱくぱく」はタバコをしきりに吸う様を表すと記述されているが、「ぱくぱく煙をふきだす」という表現は現代日本語では稀だと思われる。「ぱくぱく」は、主として「しきりに口を大きく開け閉めする様」ないし「ものを美味しそうに盛んに食べる様」を表すので、右の例文に見られる表現からは、口を開閉させながら美味しそうにタバコを吸っている様子が想像できる。〈分類⑤：通常使われない名詞および動詞と一緒になったオノマトペ〉

冷たいご飯と味噌を**ざくざく**喰べる

・それから金だらいを出して顔をぶるぶる洗うと戸棚から冷たいごはんと味噌をだしてまるで夢中で**ざくざく**喰べました。（風の又三郎）

「ざくざく」は「ざくざくお米を磨ぐ」や「ざくざく野菜を切る」といった擬音語としての使い方の他に、「古い屋敷から小判がざくざく出てきた」のように、何かが大量に出現する様子も表す。右の例に見られる「ざくざく喰べる」という表現は、食べるときの音を描写しているのではなく、おそらくたくさんのご飯を一気にかき込む動作を描写していると考えられるだろう。〈分類⑤：通常使われない名詞および動詞と一緒になったオノマトペ〉

いきを**せかせか**する

・二人はやっと馳けるのをやめて、いきを**せかせか**しながら、草をばたりばたりと踏んで行きました。（十力の金剛石）

「せかせか」はあわただしく、動作などの落ち着かない様、せき立てられるようで気持ちの落ち着かない様を表すが、右の例では息があたかも動作や気持ちが落ち着かないのと同じように落ち着かない、すなわち息を弾ませている状況が想像できる比喩的用法である。〈分類⑥：比喩的に使ったオノ

マトペ〉

わいわい切符を切って貰う

・すぐ改札のベルが鳴りみんなは**わいわい**切符を切って貰ってトランクや袋を車の中にかつぎ込みました。（氷河鼠の毛皮）

「わいわい」は大勢の人がにぎやかに大きな騒ぐ声を表すので、典型的に「わいわい騒ぐ」という形で用いられる。右の例では、「わいわい」が「切符を切って貰う」という表現と共に用いられているが、この場合も「わいわい騒ぎながら」という意味なので、「わいわい」と通常一緒に用いられる「騒ぐ」という動詞が省略されて用いられていると考えるべきだろう。〈分類⑨：動詞が省略されたオノマトペ〉

がやがやがたがた

・「遁げだ、遁げだ、押えろ押えろ。」「わぁい、指嚙じるこなしだでぁ。」**がやがやがたがた。**（みじかい木ペン）

「がやがやがたがた」は多くの人がうるさいほど大きな声を立てる様を表す「がやがや」とものごとが騒々しく勢いよく行われる様を表す「がたがた」が組み合わさったものである。「がやがやがたがた」からは、慌てふためいている情景が目に浮かぶ。〈二つのオノマトペが組み合わさったオノマトペ〉

アプッと云う

・大三はよろこんでそれを呑みました。すると**アプッ**と云って死んでしまいました。（よく利く薬とえらい薬）

「アプッ」というオノマトペは日本語には存在しないが、呼吸が苦しくなり、口を大きく開け閉めして息を吸ったり吐いたりする様を描写する「アプアプ」という慣習的オノマトペはある。賢治はおそらくこの慣習的オノマトペを基に語基「アプ」に「っ」（促音）を付加して「アプッ」を創作したと思われる。この創作オノマトペを用いることによって、大三が呼吸が苦しくなって一度口を大きく開けて息絶えたことを描写しようとしたことが想像できる。〈ギャップを埋めるオノマトペ〉

4. 目が関わっている動作

●まばたきはどのようにするのか?

私たちはまばたきするとき、目を「パチパチ」させると表現するが、賢治はどのような表現をしているのだろうか。

きょときょと聴き耳をたてる

・…客車の隅でしきりに鉛筆をなめながら**きょときょと**聴き耳をたてて何か書きつけているあの痩せた赤髯の男だけでした。(氷河鼠の毛皮)

「きょときょと」は不安や恐怖のため、落ち着かない様子であたりを見回す様を表す。右の例では、「きょときょと」が「聴き耳をたてる」という動詞と一緒になっており、一見どのようにして聴き耳をたてているかを描写しているように見える。しかしながら、ここでは「きょときょとあたりを見回しながら」や「きょときょとしながら」といった意味を表していると思われるので、「見回しながら」のような動詞表現が省略されて用いられていると考えた方がよさそうである。〈分類⑨:

動詞が省略されたオノマトペ〉

目を**パチバチ**やる

・僕たちのまわりに居るやつはみんな馬鹿ですねのろまですね、僕とこのぶっきりこが僕が何をあなたに云ってるのかと思って、そらごらんなさい、一生けん命、目を**パチバチ**やってますよ…（シグナルとシグナレス）

「パチバチ」は慣習的オノマトペの「パチパチ」と「バチバチ」のそれぞれの語基「パチ」と「バチ」を組み合わせて創作された賢治独特のオノマトペである。〈二つのオノマトペの語基が組み合わさったオノマトペ〉

5. その他の動作

〔**わくわく・わくわくわくわくわく**〕ふるえる

・すると向う岸についた一郎が髪をあざらしのようにして唇を紫にして**わくわく**ふるえながが

ら、「わあ又三郎、何してわらった。」と云いました。（風の又三郎）

・誰も一言も物を云う人もありませんでした。ジョバンニは**わくわくわくわく**足がふるえました。（銀河鉄道の夜）

「わくわく」は喜びや期待で胸が高鳴る様や興奮や不安で心が揺れて落ち着かない様を表し、通常、「わくわくする」という動詞として用いられる。右の二つの例では、「わくわく」と「わくわく」が「ふるえる」という動詞と一緒に用いられており、使い方が非慣習的であると考えられる。

二番目の例では、ジョバンニが川に入ったカムパネルラのことが気がかりで、不安のあまり足が震えている様子を描写するのに「わくわくわくわく」を用いており、その使い方はまだ理解できる。一方、最初の例では、一郎が寒さで震えている様子を描写するのに「わくわく」が使われているが、このような様を描写するには「がたがた」「がくがく」ないし「わなわな」が用いられるのが普通である。したがって、寒さで震える様子を描写する「わくわく」は賢治独特の使い方であると言えるだろう。〈分類①：通常使われない動詞と一緒になったオノマトペ〉

ぽっかりぽっかり寝る

・そして又長い顎をうでに載せ、**ぽっかりぽっかり**寝てしまう。（楢ノ木大学士の野宿）

右の例では、「ぽっかり」という慣習的オノマトペが反復した形態の「ぽっかりぽっかり」が用いられている。「ぽっかり」は気持ちのよい暖かさを感じる様を表し、通常、寝る様や寝ている様を表すのには用いられない。ここで使うとすれば、通常は「こっくりこっくり」だろう。「こっくり」ではなく「ぽっかり」を用いることによって心の開放感が感じられ、「ぽっかりぽっかり寝てしまう」という表現から、暖かくて気持ちがよくつい寝てしまうというニュアンスが伝わってくるのではないだろうか。「ぽっかりぽっかり寝てしまう」に見られる賢治特有の「ぽっかり」の使い方も賢治の創造力の豊かさを反映しているようである。〈分類①：通常使われない動詞と一緒になったオノマトペ〉

ゆげをほうほうあげる

・俥屋《くるまや》はまるでまっかになって汗をたらしゆげを**ほうほう**あげながら膝かけを取りました。（紫紺染について）

『日本語オノマトペ辞典』には辞書項目として「ほうほう」が挙げられているが、現代ではほとんど用いられていないと思われる。このオノマトペの意味として、勢いよく息を吹きかけたり、水蒸気が立ち上ったりする様を表すと記されている。〈古いオノマトペ〉

にがにがならべて見ている

・キッコはもう大悦びでそれを**にがにが**ならべて見ていましたがふと算術帳と理科帳と取りちがえて書いたのに気がつきました。（みじかい木ペン）

「にがにが」は「笑う」以外の動詞とは一緒に使われることはない。右の例では、「にがにがならべて見ていました」という表現になっており、「ならべる」に係るのか、「見る」に係るのかはっきりしないが、いずれとも通常一緒には使われない。したがって、もともと「にがにが笑いながら」ないし「にがにがしながら」といった表現から「笑いながら」という動詞表現や「しながら」という動詞語尾が省略されたと解釈できるだろう。〈分類⑨：動詞が省略されたオノマトペ〉

《身体の一部》

●乱れた髪の毛はどのようになるか？

髪の毛が**ばしゃばしゃ**だ

・どの幽霊も青白い髪の毛が**ばしゃばしゃ**で歯が七十枚おまけに足から頭の方へ青いマントを六枚も着ている（畑のへり）

この例文でも「ばしゃばしゃ」の使い方が非慣習的である。すなわち、水飛沫《しぶき》が上がっているかのごとく髪の毛が乱れている状態を描写しようとした比喩的表現であると考えられる〈分類⑥：比喩的に使ったオノマトペ〉。もちろん、「ばさばさ」から「さ」を「しゃ」に変える法則によって「ばしゃばしゃ」が創られたとも考えられるだろう。〈第3章の【別の子音に変える法則】によって創作されたオノマトペ〉

ぼろぼろの髪毛

・それからいかにもむしゃくしゃするという風にその**ぼろぼろ**の髪毛を両手で掻きむしっていました。（土神ときつね）

「ぼろぼろ」は家や家具など、ものがひどく壊れている様や服などの衣類がひどく裂けている様を表すのに用いられる。さらに、心身が疲れきっている様を表すのに比喩的に用いられることもある。右の例では、「ぼろぼろ」が乱れた状態の髪の毛を描写するのに用いられている。このようなコンテクストでは、「ばさばさ」が用いられるのが普通だが、あえて髪の毛には使われない「ぼろぼろ」を使っているのは、「ばさばさ」が描写する髪の毛の状態よりももっとひどい状態を表したかったのだろう。〈分類⑥：比喩的に使ったオノマトペ〉

ぼやぼやつめたい白髪

・雪婆んごの、**ぼやぼや**つめたい白髪は、雪と風とのなかで渦になりました。（水仙月の四月）

「ぼやぼや」は髭や髪の毛がまばらに生えた状態を描写するのに用いられるが、「髭がぼやぼや伸びる」や「髪の毛がぼやぼや生える」のように「伸びる」や「生える」といった動詞と一緒に用いられる。したがって、右の例に見られる「ぼやぼやつめたい白髪」は「ぼやぼや生えたつめたい白

髪」の動詞が省略された表現と考えられる。〈分類⑨：動詞が省略されたオノマトペ〉

赤毛が**じゃらん**と下に垂がる

・赤毛は**じゃらん**と下に垂がりましたけれども、実は黄色の幽霊はもうずうっと向うのばけもの世界のかげろうの立つ畑の中にでもはいったらしく、影もかたちもありませんでした。（ペンネンネンネンネン・ネネムの伝記）

「じゃらん」は金属などが強く触れ合って一瞬立てる重く騒がしい音を描写し、典型的には神社やお寺の鈴の音を描写するのに用いられる。右の例では、私たちは大抵「だらん」を用いるだろう。なぜ賢治が毛の垂れ下がる様子を「じゃらん」という擬音語で描写したのかよくわからないが、この例文の数行前に「縮れた赤毛が頭から肩にふさふさ垂れ」という行があり、幽霊の縮れた赤毛があたかも金属でできているかのように捉えて、それが垂れ下がるとき「じゃらん」という音がすると想像したのではと考えられないだろうか。〈分類⑥：比喩的に使ったオノマトペ〉

身体が**ミシミシ**云う

・まるで身体が壊れそうになって**ミシミシ**云うんだ。（双子の星）

「ミシミシ」は木や板で組んだもの、骨組みなどが続けて軋《きし》む音ないしその様を表す。右の例では、「ミシミシ」が人間の身体に使われているが、このような使い方は、あたかも古くなったためにミシミシいう椅子やテーブルのように、身体にガタがきていることを描写しようとした比喩的な使い方であると考えられる。〈分類⑥：比喩的に使ったオノマトペ〉

あたまが**めらあっ**と延びる

・さあ、たいへん、みるみる陳のあたまが**めらあっ**と延びて、いままでの倍になり、せいがめきめき高くなりました。（山男の四月）

「めらあっ」は慣習的な「めらめら」の異形態で、「めらめら」は炎を上げてたやすく燃えたり光って揺れたりする様を表す。「めらあっ」も同様の意味を表すが、右の例では、「陳のあたまがめらあっと延びる」という表現が用いられており、一見炎と無関係に「めらあっ」が使われているように見える。しかし、ここでは陳のあたまがあたかも炎が舞い上がるかのように延びたことを描写した「めらあっ」の比喩的用法であると考えられる。〈分類⑥：比喩的に使ったオノマトペ〉

頭が**もちゃもちゃ**する

・「正直を云いますと、実は何だか頭が**もちゃもちゃ**しましたのです。」（茨海小学校）

『日本語オノマトペ辞典』によると、「もちゃもちゃ」はわかりにくいややこしい様を表す古語と記されているが、現代では全くといっていいほど使われていないオノマトペだと思われる。例文では「もちゃもちゃ」は頭が混乱している状態を描写するのに用いられていると考えられる。〈古いオノマトペ〉

眼が**ぐるぐる**する・目が**ぐるぐるっ**とする

・眼が**ぐるぐる**して、風がぶうぶう鳴ったんだ。（黄いろのトマト）

・すると目が**ぐるぐるっ**として、ご機嫌のいいおキレさままでがまるで黒い土の球のように見えそれからシュウとはしごのてっぺんから下へ落ちました。（ペンネンネンネンネン・ネネムの伝記）

「ぐるぐる」と異形態の「ぐるぐるっ」は共に何度も続けて回る様を表し、典型的に「回る」という動詞と一緒に使われる。右の例のように、「ぐるぐるする」や「ぐるぐるっとする」といった動詞としての用法はないので、右の例では、私たちはおそらく「眼がぐるぐる回る」や「目がぐるぐるっと回る」という表現を用いるだろう。第3章でも触れたように、「ぐるぐるする」は「ぐるぐる」から動詞語尾「―する」が付いて派生したと考えれば、右の例に見られる動詞表現は賢治独特の非慣習的用法と言えるだろう。〈分類⑦：動詞として使われるオノマトペ〉

頭が**ぐるぐる**する

・「多分ひばりでしょう。ああ頭が**ぐるぐる**する。お母さん。まわりが変に見えるよ。」（貝の火）
・あんまりサイクルホールの話をしたから何だか頭が**ぐるぐる**しちゃった。（風野又三郎）

右の例では、いずれも「頭がぐるぐるする」という表現が用いられているが、先の例に見られる「眼がぐるぐるする」という表現と同様に分析できないだろう。なぜなら、「眼がぐるぐる回る」という表現は自然であるが、「頭がぐるぐる回る」という表現は不自然であるからである。また、「頭がぐらぐらする」と言えるが、「眼がぐらぐらする」とは言えない。右の例文では、「頭がぐるぐるする」は「頭がぐらぐらする」と同義と考えられる。このことから、第3章で述べたように、「頭がぐるぐるする」は「頭がぐらぐらする」を基にして創作されたのではないだろうか。〈第3章の【別の母音に変える法則】によって創作されたオノマトペ〉

足が**ぐにゃん**とまがる

・するとそのはしらはまるで飛びあがるぐらいびっくりして、足が**ぐにゃん**とまがりあわててまっすぐを向いてあるいて行きました。（月夜のでんしんばしら）

日本語には、「ぐにゃぐにゃ」「ぐにゃっ」「ぐにゃり」という慣習的オノマトペがあるが、「ぐにゃん」というオノマトペは存在せず、この形にギャップがある。賢治は語基「ぐにゃ」に「ん」（撥音）を付けて「ぐにゃん」を創作したと考えられるが、この賢治独特のオノマトペから、「ぐにゃっ」や「ぐにゃり」よりも足が簡単に曲がり、しかもその曲がり方がひどいことが示唆される。

〈ギャップを埋めるオノマトペ〉

膝が**ぎちぎち**音がする

・馬は太鼓に歩調を合せ、殊にもさきのソン将軍の白馬は、歩くたんびに膝が**ぎちぎち**音がして、ちょうどひょうしをとるようだ。（北守将軍と三人兄弟の医者）

「ぎちぎち」は通常、ものが触れ合ったり、軋んだりして出る重い音を表すのに用いられるが、「膝がぎちぎち音がする」というこの賢治独特の表現は、白馬の膝の関節が緩んでいて歩く度に膝の軋む音を描写していると考えられる。〈分類③：通常使われない名詞（主体）と一緒になったオノマトペ〉

《心の動き》

最後に、例は少ないが、心の動きに関する賢治独特のオノマトペを見てみよう。

●湧き上がるうれしさをどのように表現する?

私たちは、湧き上がるうれしさをどのように表現するだろうか。オノマトペを使って表現するのは意外に難しいが、「ひしひしとうれしさが湧き上がる」などが考えられる。賢治はどのように表現しているのだろうか。

もくもく湧いてくるうれしさ

・もう誰だって胸中から**もくもく**湧いてくるうれしさに笑い出さないでいられるでしょうか。
（イーハトーボ農学校の春）

「もくもく」は煙や雲などが重なり合うように盛んに湧きおこる様を表すが、右の例では、もくもく湧いてくるのは煙や雲ではなくうれしさである。通常、「もくもく」というオノマトペはうれしさのような抽象名詞には用いられない。したがって、右の例に見られる「胸中からもくもく湧いてくるうれしさ」という表現は非慣習的で賢治独特の比喩的用法と考えられる。〈分類⑥：比喩的に使ったオノマトペ〉

ほくほくする

・それからホモイは一寸立ちどまって、腕を組んで**ほくほく**しながら、「まるで僕は川の波の上で芸当をしているようだぞ。」と云いました。（貝の火）

「ほくほく」は満足しきって、うれしさを隠しきれない様を表し、「ほくほく悦ぶ」という表現はあるが、「ほくほくする」という動詞としての用法は稀であると思われる。「ほくほくする」という動詞は賢治独特の非慣習的な用法と考えられる。〈分類⑦：動詞として使われるオノマトペ〉

本章では、主として慣習的オノマトペを私たちの使い方とは違う、賢治独特の使い方をしているものについてテーマ別に見ていった。これらのオノマトペに対して筆者なりの解釈を試みたつもりであるが、愉しんでいただけただろうか。筆者の想像力および語感の貧困さ故に、中には賢治が意図していない、的はずれな解釈をしたものもあるかもしれない。そうだとすれば、賢治の創造力が人並みはずれていて、私たち凡人には理解しがたい天賦の才が神から与えられているということなのだろう。筆者の解釈が賢治の意図することに少しでも近づくことができ、賢治の作品を理解する一助になれば本章の意義は大きいと思う。読者の皆さんが本章で提示した筆者の解釈を参考にして賢治の作品を読み返し新たな発見をしてくれることを期待して本章を閉じることにする。

あとがき

本書を読み終えて読者の皆さんの賢治作品の魅力溢れる世界はさらに広がっただろうか。

本書では、賢治独特のオノマトペおよびその使い方が具体的にどのようにユニークなのかを、文学的視点からではなく、言語学的視点、特に音象徴的視点から、謎に包まれた賢治独特のオノマトペの解明を試みた。もっとも、本書では、賢治の作品に見られるオノマトペを網羅的に検討したわけではないので、賢治独特のオノマトペの謎のすべてを明らかにしたとはけっして思っていない。しかしながら、謎に包まれた、私たち一般人にとって理解しにくい賢治特有のオノマトペの解釈について一つの方向性ないし可能性を示すことはできたのではないかと思っている。

第2章では、賢治のオノマトペが実際どのようにユニークなのかを理解するために、私たちが日常的に使っている慣習的オノマトペがどのような特徴を持っているかを示し、第3章以降で賢治独特の創作オノマトペについて解説を試みた。最後までお読みいただいた読者の皆さんはすでにお気づきかもしれないが、注目すべきことは、賢治独特と考えられる非慣習的オノマトペが全くの無から創作されたのではなくて、慣習的オノマトペを何らかの形で利用して創作されているということである。しかし忘れてならないのは、賢治が慣習的オノマトペを利用する際、私たち凡人には備わっていない想像力・創造力や卓越した音やことばに関する感性を駆使しているということである。筆者は、賢治が慣習的オノマトペを具体的にどのように利用して賢治独自のオノマトペを創作したか、および慣習的オノマトペをどのようにして賢治独特の使い方にしているのかを体系的且つ読者の皆さんにもわかりやすい形で明らかにしようとしたが、その点をご理解いただければ幸いである。

本書を通して、読者の皆さんにはベールに包まれた賢治独特のオノマトペの世界を愉しんでいただけただろうか。オノマトペは一般語彙と異なり、言語音を最大限に利用して創られたことばなので、その理解の仕方や感じ方は個人の音に関する感性によって違う。したがって、本書で筆者が試みた分析と異なる様々な解釈も当然可能であるが、本書が賢治のオノマトペの謎を解く一助になれば幸いである。また、音象徴的視点を導入することによって、本書が宮沢賢治の文学の世界に一石を投じ、賢治文学に新たな展開が開かれることを期待したい。

最後に、今日の若者は言葉に対する感性が鈍化していると言われているが、このような若い読者に賢治独自のオノマトペの世界に触れてもらうことにより、日本人としての言葉に対する感性を取り戻してもらうきっかけになることを願っている。

【な】

【は】

賢治オノマトペ索引

＊本文中の用例で太字にしたオノマトペを抜き出した。

[著者略歴]

田守育啓（たもり・いくひろ）

1946年大阪府生まれ。1979年南カリフォルニア大学大学院言語学研究科博士課程修了（Ph.D.)。1981年神戸商科大学助教授（現兵庫県立大学）を経て、現在兵庫県立大学経済学部教授。

著書に『言語の構造』（2巻、共著、くろしお出版、1981/82)、『日本語オノマトペの研究』（神戸商科大学研究叢書、1991)、『オノマトペ—形態と意味』（日英語対照研究シリーズ(6)、共著、くろしお出版、1999)、『オノマトペ　擬音・擬態語をたのしむ』（岩波書店、2002)、編著書に『オノマトペピア—擬音・擬態語の楽園』（共編、勁草書房、1993)、辞書に *Dictionary of Iconic Expressions in Japanese*（Trends in Linguistics. Documentation 12、共編、Moutonde Gruyter, 1996）など。

賢治《けんじ》**オノマトペの謎**《なぞ》**を解**《と》**く**

NDC914/xiv, 251p/19cm

初版第１刷——2010年９月15日

著者——田守育啓《たもりいくひろ》
発行者——鈴木一行
発行所——株式会社大修館書店
〒101-8466　東京都千代田区神田錦町3-24
電話03-3295-6231（販売部）03-3294-2354（編集部）
振替00190-7-40504
[出版情報] http://www.taishukan.co.jp

装丁・レイアウト—鳥居　満
印刷所——壮光舎印刷
製本所——司製本

ISBN978-4-469-22209-8　　Printed in Japan